Fantasmatique Delphine

1
Rêves interdits

Astrid de SAINT-ANDRÉ

Fantasmatique Delphine

1

Rêves interdits

*C'est justement la possibilité
de réaliser un rêve
qui rend la vie intéressante*

Paulo Coelho (L'Alchimiste)

L'auteur tient à préciser que tout ce qui est relaté dans cet ouvrage n'est que fiction. Les personnages et les situations de ce récit étant purement imaginaires, toute ressemblance avec des personnes ou des situations existantes ou ayant existé ne serait que pure coïncidence.

PRÉAMBULE

Avant de débuter ce récit, je dois vous parler de Delphine, sans quoi, vous risqueriez de ne pas bien comprendre l'histoire qui suit. Dans sa vie sociale, Delphine est une femme tout ce qu'il y a de plus « normale » au sens où l'entendent les gens qui se veulent bien-pensants. Delphine vit, travaille, mange, fait du sport. Elle est blonde, plutôt jolie, les yeux noisette, assez grande et dotée de quelques formes qui font le bonheur des hommes friands d'anatomies plantureuses, mais aussi la critique de ceux qui idéalisent les tailles mannequin. Afin de mieux la visualiser, voici quelques informations précises : elle mesure 1,70 m et pèse 67 kg. Et on peut lire 95D sur l'étiquette de ses soutiens-gorge. Une précision toutefois, ces chiffres sont ceux relevés au début de l'histoire. En revanche, je tairais son âge, ce qui vous permettra de l'imaginer aussi bien en jeunette de dix-huit ans qu'en femme plus mûre, même si de temps en temps je livre des indices qui la dévoilent un peu tel que je la vois moi-même.

En matière de sexe, Delphine vit des relations classiques qui la satisfont pleinement. Enfin, à vrai dire, elle le croyait jusqu'à ces derniers temps. En réalité, Delphine se cherche sexuellement. Ses premiers fantasmes sont apparus, il y a quelques années. D'abord des envies d'exhibitionnisme impossible à réaliser. En effet Delphine est beaucoup trop pudique pour concrétiser cela. Tout au plus, Delphine se promène-t-elle souvent nue dans son appartement quand elle est seule. Mais jamais elle n'est allée au-delà de cette étape sauf dans son imagination.

Puis sont arrivées des visions étranges. Depuis quelque temps, quand elle laisse son esprit vagabonder, elle s'imagine tantôt agenouillée, tantôt attachée, tantôt fessée et dans bien d'autres situations qu'elle refuse d'avouer. De là à penser qu'elle s'est découvert des penchants masochistes, il n'y a qu'un pas.

Delphine a voulu en réaliser certains, les plus softs dans l'intimité de son appartement quand elle est seule. Les autres, les plus fous, restent prisonniers de son imagination, elle n'ose pas les concrétiser.
Toutefois, Delphine s'inquiète. Chaque jour qui passe, elle découvre de nouvelles pensées toujours plus insensées. Elle tente de se raisonner : « Je suis folle de penser à des trucs pareils. Stop ! Redescends sur terre ! » Mais peut-on lutter contre son cerveau ? La journée, peut-être, mais la nuit ?
Quand elle dort, Delphine rêve. Elle rêve de ce qu'elle s'interdit de penser le jour. Et progressivement, inconsciemment, elle s'est construit un monde fantasque qu'elle a d'abord refusé mais qui pourtant lui plaît.

Je pense que vous êtes maintenant prêts à retrouver Delphine dans sa chambre à coucher pour l'accompagner dans son sommeil.

Astrid de SAINT-ANDRÉ.

- 1 - Partie de cartes coquine

Delphine n'est pas fâchée d'avoir retrouvé son lit. La partie de tarot chez Nathalie et Roland s'est éternisée. Vers une heure du matin, tombant de sommeil, elle a demandé d'y mettre fin. Il a bien sûr fallu attendre le rituel du décompte des points par Roland. Elle termine bonne dernière comme d'habitude, derrière Roland, Julien et Nathalie. Classement dominé par les hommes, sans surprise. À l'annonce des scores, Julien s'est levé de la table et a consolé Delphine en lui déposant un baiser dans le cou.

— Ne te décourage pas ! lui a-t-il dit en l'embrassant. Cent cinquante-trois points, c'est ton meilleur score. Bien mieux que la dernière fois. Tu es en progrès.

Delphine n'a aucunement été perturbée par son statut de perdante attitrée des parties de tarots, mais elle a toutefois apprécié le geste et les paroles de son petit ami.

Ils ont tous deux aidé à débarrasser et à ranger puis ont pris congé du couple pour rejoindre la voiture sur le parking.

— Tu viens dormir chez moi ? a demandé Julien en démarrant.

— Non, pas ce soir, je suis trop crevée. Cette partie de tarot m'a lessivée. Tu ne m'en veux pas ?

Delphine n'a pas écouté la réponse qui n'aurait en rien changé sa décision. Elle aime bien Julien, mais pas au point de coucher tous les soirs avec lui.

En raison de l'heure tardive, Delphine s'est contentée de se déshabiller et de passer sa nuisette sans s'attarder devant le miroir de l'armoire ou devant celui de la salle de bains. Trop fatiguée pour se regarder obstinément comme chaque soir.

Elle reste toutefois fidèle à un autre geste rituel. Elle passe la main sous sa nuisette et la glisse derrière l'élastique de son slip. Delphine ne s'endort jamais sans s'être longuement caressée. Mais cette fois-ci, le sommeil la prend avant qu'elle ne commence à se masturber pleinement.

****

La voix de Nathalie se fit entendre depuis la cuisine :

— Commencez à jouer sans moi ! Je finis de ranger. J'arrive dans deux minutes.

À cet instant, Delphine ne comprenait pas ce qu'elle faisait encore assise à la table de jeux dans l'appartement de Roland et Nathalie. Elle était pourtant rentrée chez elle. Même que Julien l'avait raccompagnée !

Elle regarda les cartes qu'elle avait en main. Bizarre ! Il n'y en avait que cinq. Habituellement, Delphine avait toujours des problèmes pour en tenir dix-huit. Soudain, elle réalisa : ce n'étaient pas des cartes de tarot mais les cartes d'un jeu classique. Bizarre. Il n'y avait jamais eu de parties de belote ou autre chez Roland et Nathalie.

— C'est à toi de miser, Joris !

Joris ? Elle ne connaissait aucun Joris ! Elle releva la tête. À la place de Julien et de Roland étaient assis deux hommes qu'elle n'avait jamais vus.

— Deux mille ! annonça le dénommé Joris en poussant des jetons sur le tapis.

— Nadia ! Viens, c'est à toi ! Tu finiras de ranger plus tard.

Une femme, petite aux cheveux bruns, arriva de la cuisine. Elle avait la voix de Nathalie, mais ce n'était pas Nathalie.

— Me voilà, me voilà ! Il fallait bien que je termine. Romain, il y a bien longtemps que je ne compte plus sur toi pour m'aider dans les tâches ménagères !

Elle s'assit, prit les cinq cartes posées à l'envers devant elle,

12

les retourna pour les regarder, puis poussa cinq jetons sur le tapis de jeu.

Joris, Nadia, Romain ? À ne rien y comprendre ! Pourtant, c'était bien l'appartement de Nathalie et Roland.

— C'est à toi, Delphine ! lança Joris.

Pourtant, totalement désorientée, Delphine préféra se montrer imperturbable :

— Euh, oui. Bien sûr. Qu'est-ce que je dois faire déjà ?

— Eh bien, miser ! On dirait que c'est la première fois que tu joues au poker !

C'était donc ça : elle était au beau milieu d'une partie de poker. Jamais elle n'avait joué au poker, pourtant, il lui semblait en connaître les règles. Elle poussa une dizaine de jetons devant elle et la partie continua.

Trois tours, un échange de cartes plus tard et puis le verdict tomba : chacun abaissa son jeu. Brelan, paire, couleur. Quant à Delphine, ses cartes ne formaient aucune combinaison valable !

— Alors Delphine, t'as encore perdu ! clama Romain. Tu connais la règle du strip-poker. On te laisse choisir le vêtement que tu veux enlever.

Eh oui ! Bien sûr ! Elle connaissait les obligations du strip-poker. Elle n'était pas mauvaise joueuse. Elle se leva donc pour réaliser le gage de la perdante. Qu'allait-elle quitter ?

À cet instant, elle s'aperçut qu'elle portait sa nuisette et qu'elle était pieds nus. Finalement, il y avait une logique à cette situation : dans ses derniers souvenirs, elle s'était déshabillée et s'était mise au lit.

Le choix était simple et binaire : la nuisette ou le slip puisqu'elle ne portait rien d'autre !

Delphine choisit la nuisette qu'elle retira dans un mouvement sensuel. Elle se surprit à prendre plaisir à jouer les strip-teaseuses devant les inconnus.

Elle se rassit. Nouvelle partie. Décidément, la chance n'était pas avec elle ce soir : un sept, un neuf, un valet, une dame et un roi dans quatre couleurs différentes.

Romain s'apprêtait à parler, mais Delphine le devança :

— Ça va j'ai compris. J'ai encore perdu.

Elle se leva et retira sa petite culotte, dernier rempart à sa nudité. Elle monta sur la table, piétina les cartes et s'immobilisa, bras levés et jambes écartées sous le regard attentif des trois joueurs restés assis.

— Alors ? Qu'est-ce que vous en pensez ? lança Joris. Je vous avais bien dit que vous pourriez juger sur pièce.

Nadia se leva, tendit la main et palpa la fesse gauche.

— Tu as raison, Joris. Beau fessier ! Et bien ferme !

Était-ce à cause du toucher ou des paroles ? Une onde parcourut le ventre de Delphine.

Chacun se mit alors à en devoir de toucher le bas du corps offert. Delphine était aux anges. Sans comprendre pourquoi ni comment, elle se retrouva allongée sur le tapis à poils longs au milieu du salon.

Ses trois partenaires de poker s'étaient installés debout autour d'elle. Les regards voyeurs qui la dominaient lui plaisaient. Elle glissa une main sur sa toison pubienne qu'elle entreprit de caresser.

Tous restaient muets. Le silence régnait dans l'appartement. Delphine n'entendit plus que sa respiration.

Elle osa demander :

— Est-ce que je peux me masturber ?

À peine la phrase prononcée, elle la regretta, honteuse d'avoir posé une telle question.

Elle entendit de petits rires en guise de réponse, puis la voix de Nadia :

— Mais bien sûr, ma jolie. Vas-y ! On te regarde. On ne voudrait surtout pas manquer ce spectacle !

L'autorisation sonna comme une délivrance. Sans plus prêter attention à l'assistance, Delphine accéléra le mouvement de sa main. Dans sa confortable position allongée sur le tapis à poils longs, elle écarta les cuisses pour permettre à ses doigts d'alterner les caresses entre le clitoris et l'entrée du vagin.

Un frisson qu'elle connaissait bien lui parcourut l'abdomen. Il s'amplifia. Telle une machine bien rodée, la main poursuivit son travail durant quelques instants. Delphine ferma les yeux en sentant le plaisir arriver. Elle râla, gémit et s'apprêtait à crier.

****

Delphine termine de jouir. Elle poursuit mécaniquement la caresse sur son clitoris, tout en douceur. Le plaisir redescend lentement. Elle ralentit, s'arrête de frotter et enfin ouvre les yeux.

Il fait nuit. Le traversin, les draps. Quelques instants pour réaliser qu'elle est dans sa chambre vêtue de sa nuisette remontée jusqu'à la taille et de sa petite culotte repoussée jusqu'au bas des cuisses.

Elle allume la lampe de chevet pour s'assurer qu'elle est bien chez elle. Au fond d'elle-même, Delphine aurait souhaité découvrir Nadia, Romain et Joris au-dessus d'elle, l'observant terminer sa redescente sur terre après son orgasme.

Hélas, elle est bien dans sa chambre et il n'y a personne pour la regarder.

- 2 - Prostitution

Le lendemain au bureau, Delphine a passé son temps à s'interroger sur son rêve de la nuit passée. Elle a hésité à en parler à Nathalie quand elle l'a retrouvée à 10 h à la salle café. Sa collègue de travail et amie a évoqué la partie de cartes, la vraie, celle du tarot pas celle du poker bien évidemment. Le moment idéal pour lui raconter, mais Delphine n'a pas osé.

Elle aurait pu se confier à Julien, mais le coup de fil du début de matinée s'est terminé par une dispute. Dans ce contexte, difficile de lui avouer avoir rêvé s'être déshabillée et masturbée devant des inconnus.

Finalement, l'occasion se présente en début d'après-midi quand elle croise Nathalie dans le couloir de retour de la photocopieuse.

— Qu'est-ce qui t'arrive, Delphine ? lui lance sa collègue. Je te trouve pensive, préoccupée. Tu as des soucis ?

— Non, pas vraiment des soucis. Mais je me pose des questions. Si tu as une minute, je vais t'expliquer.

Les deux femmes s'isolent dans un recoin du couloir. Delphine se décide alors à raconter ses rêves obsessionnels à Nathalie.

Nathalie écoute et essaie de comprendre.

— Ce ne sont que des rêves. Tout le monde rêve.

— Oui, bien sûr, mais chez moi, ça prend des proportions étonnantes. Je vis tellement intensément ces rêves que je suis frustrée d'en sortir. Et le pire, depuis quelque temps, je me rends compte que j'en ai besoin.

— Besoin de quoi ? rétorque Nathalie. De t'exhiber ? Parce que d'après ce que tu me racontes, tes rêves relèvent de l'exhibitionnisme.

— Oui, c'est peut-être une tendance ou une perversion refoulée.

— Je ne veux pas jouer la psy, mais côté sexe, ça se passe comment avec Julien ?

— Normal.

— Normal comment ?

— On fait l'amour. Classiquement.

— Tu lui as parlé de tes rêves ?

— Non pas encore. Je voulais le faire, mais on s'est engueulés tout à l'heure au téléphone. De toute façon, je prévois d'avance sa réaction : il va me traiter de folle.

— Ce serait un peu exagéré, mais je comprends que ça puisse le déstabiliser. Que tu éprouves le besoin de vivre intensément tes rêves, je t'avoue que moi aussi, j'ai du mal à te suivre !

Delphine est déçue. Certes, Nathalie n'a jamais partagé les goûts ni les envolées sexuelles de son amie, mais au moins pourrait-elle comprendre. Hélas, toutes les tentatives d'explications se révèlent infructueuses. Tout au plus, trouve-t-elle en Nathalie une écoute.

C'est l'heure ! Delphine quitte le bureau. Pour se changer les idées, elle décide de faire un crochet par le centre commercial avant de rentrer chez elle. Ce n'est pas à côté, mais il y a un bus direct.

Une demi-heure plus tard, elle visite les boutiques, plus pour flâner que pour acheter. La distraction apporte le résultat attendu : Delphine ne pense plus à son rêve. Le désagrément qui suit y contribue aussi. En effet, quand elle quitte le centre commercial, elle apprend qu'une grève surprise est déclenchée dans le réseau de bus à la suite de l'agression d'un conducteur dans l'après-midi.

Plus qu'à rentrer à pied ! Ça ne lui fera pas de mal, d'autant que, par paresse, elle a fait sauter sa séance de gym de la semaine. À cette pensée, l'image de Marco, le coach du club de remise en forme, s'invite dans sa tête. Un apollon, beau et bien foutu, sur lequel fantasment la plupart des adhérentes, Delphine comprise.

À mi-parcours, elle hésite à faire un crochet pour éviter le « passage des plaisirs ». Un surnom à la ruelle où œuvrent prostituées et dealers. Elle se sent ridicule de se poser cette question. La réputation du quartier n'en fait pas pour autant un endroit dangereux. Aucune raison de tomber dans la parano !

Elle emprunte donc le fameux passage des plaisirs et s'amuse même à observer une fille s'approcher d'une voiture qui vient de s'arrêter. La prostituée propose ses services au conducteur qui a baissé sa vitre.

Elle imagine parfaitement la teneur des échanges.

Une fois de retour à son appartement sans que rien de fâcheux ne lui soit arrivé, elle grignote, passe par la salle de bain et prend la direction de sa chambre.

Passage rituel devant le miroir pour s'observer nue avant de revêtir sa nuisette. Au moment où elle va enfiler son slip, elle prend la décision de rompre avec des années d'habitude : pourquoi mettre une culotte pour dormir ? La vraie question serait plutôt : pourquoi s'embêter avec une culotte qu'il faut descendre pour se masturber ?

Une étape est alors franchie dans la vie de Delphine : désormais, elle ira au lit sans slip !

****

Une vieille Peugeot 106 rouge à la couleur délavée venait de s'arrêter le long du trottoir au début du « passage des plaisirs ». Delphine s'approcha. Pas très reluisante la bagnole, mais les clients n'étaient pas nombreux ce soir-là, alors il ne fallait pas faire la fine bouche. L'automobiliste descendit sa vitre.

Delphine, vêtue d'une minijupe en cuir, se pencha vers le client, dévoilant la naissance de sa poitrine que le soutien-gorge peinait à contenir sous le profond décolleté. Elle découvrit un jeune homme timide aux airs d'adolescent.

— Alors mon biquet, ça te dirait de monter prendre ton pied avec moi ?

— Ou…i, peina-t-il à répondre en rougissant.

— Eh ben viens ! C'est 70 euros.

— C'est que… j'ai que 30 euros.

C'est bien ma chance ! pensa Delphine. Un coincé doublé d'un fauché. Ça n'arrive qu'à moi !

— Pour 30 euros, j'peux t'faire une pipe, si ça te dit, renchérit-elle.

Le jeune homme accepta.

Cédric, ainsi qu'il s'était présenté, suivit Delphine dans l'escalier raide et étroit qui menait à la chambre de bonne où elle exerçait. L'excitation prit le pas sur la timidité quand le jeune homme découvrit sous la jupe ultra mini au-dessus de sa tête que la prostituée ne portait pas de culotte. Une habitude que Delphine s'était imposée depuis peu pour gagner du temps entre chaque passe.

Une fois dans la chambre, la putain récupéra ses 30 euros et envoya Cédric à la salle de bain.

La porte s'entrouvrit. Le jeune homme demanda :
— Je dois me rhabiller ou rester nu ?
Delphine se retint d'éclater de rire.
— C'est la première fois ?
— Ou…i.
— Avec une prostituée ou en général ?
— En… général.
Au moins, les choses étaient claires. Elle avait affaire à un puceau. Loin de lui déplaire, cet aveu lui provoqua un élan de bienveillance.

— Viens comme tu es ! répondit-elle. Ne t'inquiète pas, j'te mangerai pas.

Il poussa la porte et apparut nu comme un vers. Au grand regret de Delphine, il ne bandait plus. Elle s'assit sur le coin du lit et l'interpella :

— Approche ! Je vais te remettre en forme !

— Euh… Vous pouvez vous déshabiller vous aussi ? Je voudrais vous regarder.

Delphine sourit. La demande n'était pas non plus pour lui déplaire. Elle entreprit un rapide strip-tease sans musique et s'effeuilla en moins d'une minute.

Cédric était subjugué de voir la plantureuse anatomie exposée devant lui, pour lui.

— Allez ! Viens toucher ! Tu en meurs d'envie !

Il ne se le fit pas répéter. Il n'en fallut pas davantage pour remettre son sexe en érection.

La première fois qu'il voyait une femme nue en vrai, pas sur des photos ou des vidéos, non vraiment en réel ! Et il la touchait. Une putain en plus !

Delphine passa à l'acte. Elle s'agenouilla, attrapa délicatement entre ses doigts la verge gonflée et approcha la bouche.

La fellation fut rapide. Cédric mit moins d'une minute à cracher son sperme.

Sa prestation terminée, Delphine se préparait à demander à son jeune client de se rhabiller, quand spontanément, elle lui dit :

— Vu ton âge, tu dois récupérer vite. Ça te dit de me baiser sans payer de supplément ?

— Oh oui, madame, bien sûr !

— Allez ! Viens sur moi ! lui ordonna-t-elle en s'allongeant sur le lit.

Cédric lui sauta dessus. Quelques minutes suffirent pour qu'au contact des formes pulpeuses, il se remette en condition.

Delphine l'aida à la pénétrer.

Quand Cédric éjacula, la putain ressentit un autre plaisir, difficile à expliquer. Celui de s'être offerte pour presque rien.

Une double prestation pour 30 euros ! Une sorte

d'humiliation pour avoir rabaissé sa valeur marchande. !

- 3 - Odalisque

Le dîner à *La table de Shéhérazade* a effacé la dispute de la veille. Julien n'a pas lésiné sur le choix du restaurant. Un cadre intime aux décors d'un palais persan comme dans les contes des Mille et une Nuits.

Julien s'est excusé de son attitude idiote de la veille. Delphine a fait de même et cette fois, elle a accepté de bon cœur de passer la nuit avec son compagnon retrouvé.

Seule ombre au tableau : la réaction de Julien quand elle s'est décidée à lui raconter ses rêves obsessionnels. Elle ne s'était pas trompée : tout juste s'il ne l'a pas prise pour une folle quand elle lui a avoué qu'elle se plaisait à vivre ces situations oniriques.

Julien est dans la salle de bain. Delphine l'attend dans la chambre. Les circonstances lui rappellent son rêve de la veille quand elle attendait que Cédric termine de se laver.

Julien la rejoint. Il l'embrasse et la pousse sur le lit. Il la désire. Elle aussi a envie de faire l'amour. Les câlins redoublent. Delphine sent le sexe dur qui va la pénétrer. Les fantasmes envahissent alors son cerveau : elle est une putain et Julien est son client.

Elle atteint la jouissance portée par les pensées folles issues du rêve de la nuit précédente.

Ils s'endorment sereins, blottis l'un contre l'autre.

****

Après en avoir reçu l'autorisation, Delphine reprit une part de gâteau d'amour. La pâtisserie persane très sucrée n'était pas recommandée pour garder la ligne, mais c'était tellement délicieux.

Le sultan Shahryar contemplait son odalisque drapée de son voile vaporeux. Il aimait tout autant la regarder manger qu'admirer son corps splendide sous la soie transparente. Les seules parures additionnelles de l'odalisque étaient des bijoux : un collier de pierres précieuses et une chaînette en or qui lui entourait la taille ainsi qu'une autre à la cheville. Ornements classiques pour une femme de harem en ce dixième siècle.

Dégustant des yeux le tableau, le sultan savourait aussi par avance de la nuit qu'il passerait avec sa nouvelle esclave.

Roxelane, sa favorite, ne l'entendait pas de cette oreille. Elle voyait en Delphine une rivale potentielle. Comme son rang le lui autorisait, elle se leva et susurra à l'oreille de son maître :

— Votre Majesté. On m'a rapporté dans les couloirs du palais que votre nouvelle odalisque rejetait votre autorité. Vous devriez vous méfier.

Par désir de vérification, par provocation ou simplement par jeu, le sultan Shahryar interpella Delphine :

— Approche esclave !

Delphine avala sa dernière bouchée de gâteau d'amour et s'avança vers le souverain. Elle s'agenouilla devant lui et baissa la tête.

— J'entends dire que tu t'élèves contre mon pouvoir. Qu'as-tu à répondre pour ta défense ?

Delphine ne comprit pas l'accusation, elle qui avait toujours montré son allégeance.

— Oh non, votre Majesté ! Vous êtes le maître absolu et je suis votre esclave soumise.

Elle joignit le geste à la parole en se prosternant aux pieds du sultan. Ce dernier se leva et observa l'odalisque, la tête encadrée par les mains plaquées au sol.

Le souverain découvrit du dessus le magnifique dos offert et enveloppé du voile. Il se leva et contourna son esclave pour modifier son angle de vue.

Majestueux fut le premier mot qui lui vint à l'esprit en découvrant le postérieur ! Il remonta la soie transparente jusqu'aux épaules pour bien dégager le panorama.

Delphine restait immobile. Sans les voir, elle devinait les gestes du sultan. Ceux-ci lui occasionnèrent une sensation agréable, accrue par la posture vulnérable.

Le souverain se saisit d'une badine qu'il appuya sur la fesse droite.

— Je pourrais te punir en te donnant la bastonnade pour t'apprendre à obéir.

Les propos, au lieu de l'effrayer, remplirent Delphine de bonheur.

Elle n'avait jamais reçu la bastonnade, mais elle avait un puissant désir de découvrir la frappe de la baguette sur ses fesses.

Oh ! Pourvu que le sultan mette sa menace à exécution !

****

Delphine se réveille en sursaut. Les ronflements de Julien à côté d'elle lui rappellent la réalité.

Pourquoi a-t-elle quitté le palais du sultan au meilleur moment ? Elle se tourne dans le lit, se retourne, repense au gâteau d'amour, à la badine…

Impossible de se rendormir. Une idée folle lui traverse l'esprit. Elle se lève et se rend à la cuisine sans faire de bruit.

Reproduire son rêve ! Voilà ce qu'elle a en tête. Elle ouvre le réfrigérateur à la recherche d'un ersatz au gâteau d'amour. Faute de trouver mieux, elle prend le pot de crème de marrons, son péché mignon, qu'elle a apporté la fois dernière et que Julien n'a pas fini. La gourmandise n'est pas un défaut qu'ils partagent. Delphine attrape une cuillère dans le tiroir et se rend au salon. Elle n'a éclairé que la lampe d'appoint pour ne pas illuminer l'appartement et risquer de réveiller Julien.

Elle s'agenouille sur le tapis devant le fauteuil face à la petite table ovale et commence à déguster la crème de marrons à grand coup de cuillère. Elle ferme les yeux pour se figurer qu'elle déguste une part du gâteau d'amour. C'est tout aussi sucré. Elle imagine alors le sultan et Roxelane assis en face d'elle dans le canapé.

Elle s'oblige à s'arrêter de manger sinon elle va finir le pot.

Delphine remonte sa nuisette jusqu'aux épaules comme l'avait fait le sultan avec son voile de soie. Elle prend la position de prosternation. Elle exhibe ses fesses au sultan qui s'est placé derrière elle.

Que c'est bon !

Soudain, du bruit ! Delphine se redresse, redescend sa nuisette. Julien fait irruption dans le salon. Voyant sa compagne à genou devant le pot de crème de marrons, il l'interpelle :

— Mais qu'est-ce que tu fous ici dans le salon ?

— Euh… Je me suis levée pour aller faire pipi. Et comme j'avais faim, j'ai craqué sur la crème de marrons.

— Comme ça ? Dans le salon ?

— Je voulais pas te réveiller. Tu dormais comme un bébé.

Inutile de lui dire qu'il ronflait comme un sapeur ni de lui avouer le scénario qu'elle avait voulu reproduire.

- 4 - La laitière

Le lendemain, faute d'avoir trouvé en Julien le confident qu'elle espérait, Delphine se décide à raconter son dernier rêve à Nathalie. Elle choisit le moment du déjeuner où les deux femmes ont du temps pour échanger.

C'est la douche froide en constatant que Nathalie réagit comme Julien :

– Ça empire. Tu devrais consulter un psy. Lui au moins pourrait t'aider. J'en ai d'ailleurs discuté avec Roland, hier soir. Il est du même avis que moi sur le psy… parce que pour le reste, il pense que tu n'es pas bien normale.

Delphine est atterrée par cette réaction.

Elle aurait pu quand même se dispenser de déballer mes fantasmes à son mari ! pense-t-elle.

Quoi qu'il en soit, elle est aussi désappointée par la réaction de Roland qu'elle croyait connaître et qui lui semblait tout de même plus ouvert. Autant, l'attitude de Nathalie ne l'étonne pas, autant celle de Roland la surprend. En effet, Nathalie est plutôt du genre coincé, alors que Roland lui semblait plus ouvert. Comme quoi, on peut se tromper !

Le reste de l'après-midi se déroule normalement. Le soir, en rentrant chez elle, Delphine découvre dans sa boîte aux lettres le colis qu'elle a commandé sur Internet. Une fois dans l'appartement, elle s'empresse de le déballer. Il était temps qu'il arrive. En effet, Delphine se sent de plus en plus à l'étroit dans ses sous-vêtements, alors elle a commandé de la petite lingerie avec une taille au-dessus de ses précédents achats.

Tout semble conforme à la commande. Les liserés de dentelle sont même plus jolis que sur les photos.

Delphine court à la chambre et se déshabille. Elle passe les nouveaux sous-vêtements. Elle se sent à l'aise dans le slip qui ne la serre plus et ne lui rentre plus dans la raie des fesses comme ceux d'avant. Elle ajuste le soutien-gorge à sa poitrine. Elle avait craint un instant que le passage du 95D au 95E soit prématuré. Au contraire, la taille des bonnets convient parfaitement à ses seins.

Un dernier regard dans le miroir avant de manger. Elle constate qu'elle a grossi. Une évidence, sans quoi elle n'aurait pas eu à monter en taille pour ses achats de lingerie. Elle devrait surveiller ses pulsions gourmandes. Cela reste un vœu pieux tant qu'elle assume son corps.

Elle se sent bien dans ses nouveaux sous-vêtements et n'a pas froid. Elle se complaît donc à rester en slip et en soutien-gorge. Elle les garde et ne passe rien par-dessus pour aller manger à la cuisine.

Après un repas frugal, elle repasse devant le miroir pour observer une dernière fois la lingerie qu'elle porte. Puis elle retire son slip et dégrafe son soutien-gorge. Ses seins libérés lui paraissent soudain lourds et pesants, toutefois moins provocants en raison de la perte de leur soutien, mais incroyablement imposants. Cette image lui rappelle qu'ils ont grossi avec elle. Delphine les prend à pleines mains pour les soulever et les observer dans le miroir. Son imagination fait le reste.

****

Delphine regarda sa montre. Elle était juste à l'heure. Elle entra dans le laboratoire d'analyse, mais au lieu de se rendre à l'accueil comme les autres clients, elle poussa une porte à droite. Elle pénétra dans la pièce. Visiblement, elle était attendue.

— Dépêchez-vous, mademoiselle Bertin ! clama l'homme en blouse blanche. Vous n'êtes pas en avance. Vous savez pourtant qu'aujourd'hui on commence le premier test. Mettez-vous en tenue !

Delphine avait l'habitude. Cela faisait déjà deux mois qu'elle venait chaque semaine dans ce laboratoire. Mais bizarrement, ce jour-là, elle n'en connaissait même plus la raison. Tel un automate, elle répéta donc ses gestes hebdomadaires devenus routiniers : elle quitta sa veste, son chemisier et défit son soutien-gorge, un nouveau modèle à liserés de dentelle qu'elle aimait bien. Elle s'avança vers l'appareil habituel, un support métallique constitué de deux gouttières horizontales fixées sur un trépied. Delphine souleva ses seins et les déposa sur les demi-cylindres en appuyant son torse contre le support.

Elle connaissait bien l'homme en blanc. Elle avait à faire à lui depuis le début. Elle savait même qu'il se prénommait Henri.

Henri observa les énormes masses de chair. Impressionnant !

— Ils me semblent enfin avoir atteint les volumes voulus, déclara-t-il.

— Je l'espère, répondit Delphine. Je ne trouve plus de soutif à ma taille dans le commerce. J'ai dû bricoler les derniers que j'ai achetés en réalisant des travaux de couture.

— Vous avez bien respecté à la lettre les doses que j'ai prescrites ? poursuivit l'homme.

Delphine acquiesça. « Évidemment, avait-elle envie de répondre. Si mes seins sont devenus de telles monstruosités, c'est bien parce que j'ai pris les petites pilules jaunes trois fois par jour avec une double dose la dernière semaine comme il me l'a demandé. »

Henri avait entrepris d'examiner les deux énormes seins. Il s'était assis sur un tabouret haut à côté des gouttières sur lesquelles reposaient les deux masses mammaires. Delphine, face à lui, le regardait procéder à son inspection. Il palpa les chairs et contrôla l'élasticité de la peau qui avait dû assumer le grossissement des énormes obus.

— Ils sont douloureux ? s'enquit-il.

— Douloureux n'est pas le mot qu'il convient. Je dirais plutôt… sensibles. Surtout à la pointe.

— Mais, c'est un très bon signe cela, déclara l'homme en blanc avec un petit sourire en coin. Nous allons vérifier.

Ses doigts attrapèrent les mamelons et commencèrent à les frotter. Les pointes brunâtres étaient longues et dures. Dès les premiers effleurements, Delphine sentit une onde lui parcourir le corps. Sa respiration s'amplifia immédiatement et elle poussa un petit cri qui ne témoignait en rien une quelconque douleur. La démonstration était suffisante pour Henri qui retira ses mains au grand regret de Delphine.

— Ne soyez pas frustrée, mademoiselle ! Si vous êtes toujours d'accord, nous allons aujourd'hui passer à la phase finale de l'expérience. Je suis persuadé que vous allez retrouver ces sensations qui vous plaisent, même en plus fort. Mais vous en connaissez les inconvénients.

Delphine n'avait pas besoin qu'on les lui rappelât. Elle savait que sa poitrine allait encore grossir. A priori, elle le déplorait, mais en y réfléchissant bien, elle était plutôt ravie de l'extrême sensibilité de ses seins qui semblait s'amplifier avec leur volume.

Répondant à l'invitation de l'homme en blanc, Delphine s'installa à plat ventre sur la table de massage. Elle était encore excitée des derniers attouchements mammaires et regrettait de ne pas s'être entièrement déshabillée pour la suite du programme. Tant pis, elle n'était pas là pour s'exhiber, elle garderait sa jupe.

La table de massage était particulière. Outre le trou pour poser la tête afin de bien respirer, elle était percée de deux autres excavations à l'emplacement des seins pour y introduire ceux-ci. Ce que fit Delphine en s'allongeant.

Accroupi, Henri guida les deux globes de chair pour les aider à se glisser par les trous de la table. Les ouvertures offraient un passage suffisamment large pour permettre aux seins pesants de s'installer dans leurs logements. Grâce au trou du visage, Delphine pouvait regarder sous la table. Apercevoir les bouts de ses seins en suspension l'excitait abominablement.

— Prête pour la piqûre ? demanda Henri.

— Prête ! répondit Delphine déterminée.

L'homme en blanc se dirigea vers une armoire et en revint avec une énorme seringue. Il s'accroupit de nouveau et injecta la moitié du contenu de la seringue dans le sein droit. Puis il réitéra le mouvement avec le sein gauche.

Pour Delphine, la sensation ne fut d'abord pas très agréable. Mais rapidement, elle perçut une intense chaleur lui remplir la poitrine.

— C'est chaud, dit-elle avec une légère grimace.

— C'est normal, répondit Henri, très professionnel. Le liquide produit son effet dès les premiers instants. Maintenant, il va falloir patienter une petite heure. Je vous abandonne. À tout à l'heure !

L'homme en blanc avait quitté la pièce. Allongée sur sa table, Delphine se laissa aller. Elle réfléchissait, cherchant à comprendre ce qu'elle faisait là. Sensation contradictoire : elle ignorait ce qui allait lui arriver, et en même temps, elle savait qu'elle avait offert ses seins à la seringue d'Henri en pleine conscience. Le silence environnant aidant, elle ne tarda pas à s'assoupir.

Quand elle se réveilla, elle fut complètement abasourdie par le spectacle qu'elle découvrit sous la table. Elle s'était endormie en regardant ses seins opulents, certes, mais au sortir de son sommeil, elle s'aperçut qu'ils avaient au moins triplé de volume. Delphine essaya de se relever, mais se sentit aussitôt prisonnière de la table. Il ne lui fallut pas longtemps pour deviner que sa poitrine avait tellement gonflé qu'elle restait coincée dans les trous.

— Arrêtez de bouger ! Vous allez vous blesser. Restez couchée pour l'instant ! Vos seins repasseront par les trous dès que j'aurai fini de vous traire.

C'était Henri qui était de retour. Delphine eut besoin de le faire répéter.

— De me traire, vous dites ? Je n'ai pas bien compris. Vous voulez me traire ?

— Exactement ! Je vais vous traire comme une vache.

— Mais c'est ridicule. Pour me traire, il faut que j'aie du lait !

— Oui, reprit Henri amusé. Vous avez du lait. Vos seins en sont remplis. Souvenez-vous, les gélules, la piqûre, c'était pour ça ! Ne me dites pas que vous êtes surprise. On vous a déjà expliqué le protocole et vous l'avez accepté.

— Oui, oui. Excusez-moi ! conclut Delphine encore sous le choc.

Elle convint qu'elle avait sans doute déjà reçu les explications, mais à cet instant précis, elle ne se souvenait de rien.

Henri s'était installé sous la table et contemplait, satisfait, le résultat de son travail. Il palpa les deux seins. De vraies mamelles de vaches laitières, gonflées au-delà de l'entendement. De véritables outres ! Il fallait se dépêcher. La peau était tellement tendue qu'on pouvait craindre qu'elle se déchire. Au bout des globes monumentaux, les pointes durcies brunâtres faisaient penser à des pis tant elles étaient longues et dures.

Henri plaça un seau sous la table et se saisit de la pointe du mamelon droit. Avec le geste d'un fermier dans une étable, il entreprit de traire Delphine. Cette dernière fut subjuguée de voir par le trou de la table, le lait gicler de son téton et couler dans le seau. La même opération fut répétée avec la mamelle gauche.

Progressivement, Delphine s'habitua aux mouvements d'Henri. En cadence, les doigts serraient les longs pis et les étiraient. Quand le lait avait giclé, ils remontaient et le cycle recommençait. La surprise et la gêne s'estompèrent. Delphine s'habitua à la traite qui lui dégorgeait la poitrine et surtout lui procurait des sensations inédites. Le regard sur ses monstrueuses mamelles ne l'interpellait même plus. Elle ferma les yeux et se laissa emporter par les mouvements de va-et-vient des phalanges de l'homme en blanc. Elle entendit à peine dans le lointain la remarque d'Henri sur sa production laitière.

– Le seau est presque plein. Jamais je n'aurais cru que vous possédiez une telle capacité de laitière.

****

Delphine ouvre les yeux. Face au miroir de la chambre, elle constate que sa poitrine est toujours la même, opulente certes, mais humaine. Pas d'Henri, pas de table de massage, pas de seau plein de lait. Elle a toujours les mains sous ses seins. Elle soupèse les deux globes, un peu déçue. Dommage ! pense-t-elle. Elle aimerait connaître la quantité de lait que l'homme en blanc lui a soutirée de ses mamelles. Ce terme l'excite, comme elle est excitée à l'idée d'avoir possédé le temps d'une rêverie une monstrueuse poitrine. Elle regrette de ne pas avoir eu le temps de se relever de la table de massage et examiner ses grosses mamelles comme maintenant face au miroir.

Finalement, Roland a peut-être raison. Il est vraiment temps pour moi de consulter un psy ! conclut-elle.

- 5 - Enlèvement

— Je suis heureux de vous revoir, annonce Youri Karbof.

Il se souvient parfaitement de son ancienne patiente.

Un coup de chance. Un rendez-vous annulé à la dernière minute. Le psychiatre a pu recevoir Delphine le jour même. Elle avait consulté le docteur Karbof dix ans plus tôt quand elle n'assumait pas son corps. La guérison avait dépassé ses espérances, alors tant qu'à consulter un psy, autant retrouver celui-là.

Delphine se met en devoir de tout lui raconter. Karbof l'écoute attentivement. Quand elle a terminé, elle fait part au praticien de l'inquiétude engendrée par les réactions de ses proches.

— Je vous rassure : vous êtes tout ce qu'il y a de plus normale, la rassure le psy. Ceux qui vous disent le contraire se trompent totalement.

— Mais alors, mes fantasmes, mes rêves délirants ?

— Ils sont insolites, certes, mais vous vous sentez bien avec eux, ils maintiennent votre équilibre. Alors, ne les refoulez pas ! N'en ayez pas honte ! En un mot, assumez-les et vous verrez quelle sérénité vous habitera !

Enfin quelqu'un qui la comprend et qui lui dit qu'elle est normale !

Youri Karbof réfléchit un instant. Le cas de cette patiente l'intéresse. Il a relevé deux points dans les projections oniriques de celle-ci. Le plus marquant est un évident besoin d'exhibitionnisme. Le second demande à être vérifié. Probablement un masochisme non assumé. Si le diagnostic était confirmé, il s'agirait du syndrome de Robichka, bien connu des spécialistes.

Une chance que Delphine soit venue le consulter. Depuis le temps qu'il veut étudier un cas réel !

— Je souhaiterais me livrer à une petite expérience complémentaire. Êtes-vous libre pour rester un peu plus longtemps ?

— Oui, j'ai pris mon après-midi, alors je suis disponible.

— Dans ce cas, suivez-moi !

Il l'entraîne dans une pièce adjacente aux murs capitonnés et sans fenêtre. Il lui montre le divan au centre de la pièce.

— Pendant que je reçois les patients suivants, vous allez dormir. Je vais vous donner un sédatif pour y parvenir. Comment dormez-vous habituellement chez vous ? Pyjama ? Chemise de nuit ? Nue ?

— Juste avec une nuisette. Sans rien d'autre.

Elle juge inutile de lui avouer qu'elle a abandonné le slip depuis quelques jours.

— Très bien. Déshabillez-vous, puis remettez juste votre chemisier ! Il fera office de nuisette. Ensuite, allongez-vous sur le divan ! Tenez, voici une couverture pour que vous n'ayez pas froid !

En même temps qu'il donne les consignes, il baisse l'intensité de la lumière pour que ne subsiste qu'une pénombre reposante.

Totalement en confiance, Delphine se déshabille, puis repasse son chemisier rose, s'allonge sur le divan et se couvre.

Karbof lui apporte un verre contenant le sédatif annoncé, puis s'assoit sur la chaise à côté du divan.

— Pendant que vous vous endormez, je vais vous raconter une histoire.

Un peu étonnée, elle écoute.

— C'est un fait divers qui s'est passé, il y a quelques années. Deux repris de justice en cavale avaient pris une jeune femme en otage.

Il commence son récit. Delphine est tout ouïe. Il s'interrompt un instant pour demander :

— Est-ce que vous vous masturbez avant de vous endormir ?

– Euh… Ou…i, avoue-t-elle un peu gênée.

– Alors, faites-le ! Nous devons reproduire une situation identique à chez vous.

Il poursuit la suite de l'histoire.

Delphine ne réussit pas à terminer les caresses sur son clitoris. Sous l'effet conjugué de l'histoire et du sédatif, elle s'endort.

****

– Elle se réveille, annonça Jo depuis la banquette arrière. Trouve un chemin à droite et arrête-toi !

Delphine émergeait de son sommeil artificiel, la bouche pâteuse à cause du chloroforme. En apercevant le canon du pistolet braqué sur son visage, elle poussa un cri.

– Ne me faites pas de mal ! implora-t-elle.

– On ne te fera aucun mal si tu te tiens tranquille.

– Qui êtes-vous ? Que me voulez-vous ? Et qu'est-ce que je fais dans cette voiture avec vous ?

– T'as perdu la mémoire, ma belle ? Tu nous reconnais pas ? Raymond le balafré et Jo le fou ? Ça t'dis rien ?

– Les tueurs évadés de prison ?

– Eh bien voilà ! – s'adressant au conducteur – Ça y est, Raymond, elle nous a reconnus !

Il s'adressa de nouveau à Delphine :

– Tu nous as servi d'otage pour échapper aux flics. Maintenant qu'on est tirés d'affaire, on n'a plus besoin de toi.

– Vous allez me tuer ?

Personne ne répondit.

Soudain, une succession de secousses. L'Audi venait de quitter la route et s'était engagée sur le chemin forestier. Elle s'enfonça dans les bois puis s'arrêta.

– Descends ! ordonna Jo le fou à Delphine.

Elle s'exécuta et sortit de la voiture sous la menace du pistolet.

En sentant les brindilles lui piquer la voûte plantaire, Delphine se rendit compte qu'elle était pieds nus. Ce n'était pas tout, elle s'aperçut en même temps avec effroi qu'elle ne portait que son chemisier rose totalement déboutonné.

Qu'allaient lui faire les bandits ? La violer ? La tuer ? À choisir, elle souhaitait la première solution. Elle n'en était même pas effrayée.

— Allonge-toi à plat ventre ! ordonna Jo.

Elle s'exécuta sans protester. Raymond le balafré arriva à cet instant avec une corde dans chaque main. Les deux truands ligotèrent les poignets de Delphine dans son dos et ses chevilles entre elles. Pour terminer, ils la retournèrent et la bâillonnèrent avec un foulard.

— Comme ça, on sera plus tranquille ! Tu ne pourras ni t'échapper ni crier.

Les deux hommes la saisirent par les épaules et par les pieds puis la transportèrent jusqu'à la voiture.

Delphine fut surprise de voir Raymond ouvrir le coffre.

Une minute plus tard, elle était enfermée comme un bagage et recroquevillée sur elle-même à cause de l'exiguïté de l'endroit.

Elle entendit le moteur démarrer, puis ce furent les secousses et enfin un trajet qui dura une éternité.

Une fois habitué à sa situation, son esprit se mit à vagabonder. Elle imaginait tout ce que pourrait lui faire subir Jo le fou et Raymond le balafré quand la voiture serait arrivée à destination.

Elle se tortillait en cherchant à défaire ses liens. C'était insupportable. Un vrai supplice ! Pourtant, elle voulait y arriver. Impossible ! Quelle frustration !

****

— C'est le moment de vous réveiller ! Cela fait plus d'une

heure que vous dormez !

Le temps de réaliser. La voix, la pénombre. C'est le docteur Karbof qui lui parle.

Delphine est allongée sur le divan. Elle n'est ni bâillonnée ni ligotée. Sans la laisser finir de se réveiller, Karbof lui demande :

— Alors, votre rêve ? Racontez-moi !

Sans surprise, en raison de la narration du fait divers qui a précédé l'endormissement, le praticien écoute Delphine lui raconter dans le détail ses péripéties avec Jo le fou et Raymond le balafré. Au milieu du récit, Youri Karbof l'interrompt :

— Si j'ai bien compris, vous avez trouvé du plaisir à être bâillonnée et attachée ?

— Oui.

— Très intéressant. Et à vous entendre, vous auriez souhaité que les deux bandits vous violent ?

— Oui. C'est indécent et immoral ?

— Pas du tout. N'oubliez pas que vous étiez dans un rêve ! Votre cerveau a joué avec vos fantasmes.

— Oui, merci, je comprends. Je dois aussi vous avouer autre chose. Enfermée dans le coffre de la voiture, j'ai eu envie de me masturber. Évidemment, comme j'étais attachée, je n'ai pas réussi. C'était très frustrant. Je faisais d'énormes efforts pour libérer mes mains sans y parvenir. C'est à cet instant que vous m'avez réveillée.

— Si je résume : plaisir d'avoir été ligotée. Double frustration : ne pas avoir été violée et ne pas avoir pu vous masturber.

— Oui, c'est exactement ça !

Youri Karbof jubilait avec cette confirmation du syndrome de Robichka. Grâce à sa patiente, il avait le moyen de pousser plus loin les investigations. Il n'allait pas s'en priver.

— Nous allons retourner dans mon cabinet pour établir le calendrier de nos prochains rendez-vous. Je vais vous donner un livre.

— Un livre ? Quel rapport avec les consultations ?

— Vous verrez. Il s'agit d'un ouvrage qui relate des épisodes de la colonisation du Nouveau Monde au XVIIIe siècle. Je veux que vous commenciez à le lire ce soir avant de vous endormir.

- 6 - L'esclave fugitive

À Terre-Nouvelle, en ce mois de juin de l'an de grâce 1714, la foule s'était massée le long du chemin qui menait au village. La population voulait assister au retour de la troupe qui ramenait l'esclave fugitive à la plantation d'où elle s'était échappée.

– Les voilà ! Ils arrivent !

Les quolibets et les insultent fusèrent au passage de la femme encadrée par les soldats. Le tableau aurait pu attirer la compassion, mais il n'en était rien. Cette esclave s'était enfuie et avait été rattrapée. Elle ne méritait donc aucune pitié et devait être punie pour son évasion.

La scène était affligeante. La prisonnière était nue et marchait courbée. Elle avait le cou et les poignets enfermés dans un carcan. Une chaîne partait du cou et rejoignait les deux chevilles, elles aussi entravées. Sur l'épaule de la captive, la lettre S, la marque des esclaves.

Un des badauds s'adressa à son voisin :

– Il aurait été dommage de ne pas la reprendre, c'est une des plus robustes de la plantation !

L'autre acquiesça. L'anatomie en témoignait. L'esclave était grande et charpentée. Sa nudité permettait d'observer des cuisses musclées surmontées d'un postérieur large et rempli.

Pour une fois, Delphine savait ce qui l'attendait. Son exhibition à travers les rues du village n'était qu'une entrée en matière par rapport à la punition qu'elle allait endurer. Elle assumait d'ailleurs parfaitement l'exposition de son corps au regard des villageois. Après tout, c'était la loi pour tous les fugitifs repris.

Le cortège arriva enfin sur la grand-place. Delphine monta sur la grande estrade qui l'attendait. Elle fut momentanément débarrassée de son carcan et de ses chaînes. Pas pour long-temps car elle fut immédiatement attachée à une potence, bras et jambes en croix, dos à la population qui s'était installée devant l'estrade pour assister au spectacle.

Un homme avec un grand chapeau monta sur la scène, déplia un rouleau de papier et déclama à la foule amassée devant l'estrade :

– Pour s'être enfuie de sa plantation, l'esclave Delphine est condamnée à recevoir deux cents coups de fouet. Elle sera ensuite exposée à la population jusqu'à la tombée de la nuit.

Deux cents coups de fouet, pensa Delphine. Jamais je ne supporterai.

Elle n'eut pas le loisir de réfléchir davantage. Le cuir du long fouet s'abattit sur ses épaules. Elle cria tant la douleur fut intense. Réalisée avec adresse par le bourreau, la flagellation se poursuivit sur toutes les parties du corps. Bizarrement, sans en comprendre la raison, Delphine constatait que la souffrance s'estompait quand la lanière de cuir prenait pour cible ses fesses replètes.

Court répit car l'instant d'après, par un mouvement de bas en haut, le bourreau s'attaqua à l'entrejambe. Delphine crut que son sexe éclatait.

Finalement, le châtiment se termina plus vite que ce qu'elle avait imaginé. Pourtant, les deux cents coups avaient bien été distribués.

Les spectateurs applaudirent, mais restèrent attentifs quand le bourreau détacha la prisonnière pour lui remettre son carcan et la faire s'installer à quatre pattes, dos au public.

Le carcan fut fixé sur les planches de l'estrade et les chevilles emprisonnées dans des bracelets de fer, empêchant tout mouvement de la prisonnière tant les pieds avaient été écartés avant d'être emprisonnés.

L'esclave fugitive présentait ainsi impudiquement aux spectateurs l'intégralité de son intimité. Sans parler du postérieur qui dans cette position prenait une allure encore plus imposante.

Delphine resta ainsi exposée plusieurs heures. Loin de ressentir de la honte ou de la gêne dans cette position déshonorante, elle sentit au contraire une vague de plaisir monter en elle.

****

Sur la table de chevet, le livre *La vie des esclaves dans le Nouveau Monde au XVIIIe siècle*, prêté par Karbof, est encore ouvert au septième chapitre, l'endroit où Delphine a arrêté sa lecture avant de se masturber et de s'endormir.

Le radio-réveil affiche cinq heures. Delphine a le sommeil agité. Elle bouge, elle tourne, écarte les jambes, replie les genoux. Sa main n'en finit pas de triturer sa vulve. Elle crie dans son sommeil. Des mots isolés et contradictoires : non, oui, arrêtez, encore !

Elle a tellement remué que sa nuisette lui remonte jusqu'à la poitrine.

À demi réveillée, par automatisme, elle imprime à ses doigts le geste rituel masturbatoire sur son clitoris.

Elle est dans un état second. Elle ne sait pas si elle dort encore car elle se voit toujours sur l'estrade offrant son cul énorme aux regards des habitants de Terre-Nouvelle. Puis quelques instants plus tard, elle est de nouveau attachée et fouettée. Les deux situations sont un délice. Hummm ! C'est bon, extrêmement bon ! Elle jouit intensément. Elle s'en étonne. Habituellement, sa masturbation est plutôt le soir, très exceptionnelle le matin. Pourtant, aujourd'hui…

Cette fois, Delphine est complètement réveillée. Elle tourne la tête, regarde l'heure. Trop tôt pour se lever.

Ses pensées replongent en 1714. Elle revit son état d'esclave fugitive reprise et son châtiment.

C'est plus fort qu'elle, elle se masturbe une nouvelle fois.

Deux heures plus tard, il faut beaucoup de volonté à Delphine pour sortir du lit. C'est sous la douche en effectuant sa toilette intime qu'elle constate que son clitoris déborde de son capuchon protecteur. Il a la taille d'un pouce. Certes, l'enchaînement des multiples masturbations depuis cinq heures du matin en est certainement la cause. Elle espère que tout rentrera rapidement dans l'ordre.

Avant de partir travailler, elle transcrit consciencieusement sur un carnet son rêve comme le lui a demandé le docteur Karbof.

Elle se demande même si elle ne doit pas lui téléphoner pour l'informer de l'ampleur que prend le phénomène.

Il est neuf heures, Delphine n'y tient plus. Elle a besoin d'appeler Karbof. Heureusement qu'il lui a donné son numéro de portable.

Elle lui explique tout. Son rêve, l'intensité de celui-ci, ses masturbations et même l'état de son clitoris.

— Dans de rares cas du syndrome de Robichka, les phénomènes vont en s'amplifiant. Je n'avais pas prévu que ce serait le cas pour vous. Votre histoire de clitoris m'interpelle. Je suis votre psy, je me limite à soigner votre esprit. Vous allez appeler sans attendre un de mes confrères avec qui je travaille sur le syndrome de Robichka. Il est médecin, il pourra vous ausculter, lui. Je le préviens immédiatement.

— Merci.

— Une dernière chose. Faites-lui entièrement confiance. Je suis certain que vous aurez besoin de lui quand vous aurez franchi un nouveau cap dans votre maladie.

Delphine raccroche, satisfaite de s'être confiée, mais inquiète des termes utilisés par son psy. Pour la première fois, il a parlé de maladie.

Sentiments contradictoires. En effet, elle ne s'est jamais sentie aussi bien que ce matin.

- 7 - Examen chez le docteur Henri

La plaque rivée à droite de la porte mentionne :

Dr Henri TERRENOIRE
Médecin généraliste

Les consignes inscrites sur un écriteau au-dessous invitent les patients à sonner, entrer et s'installer en salle d'attente. Delphine les applique à la lettre.

Elle est seule dans la pièce. Le médecin ne semble donc pas avoir de retard dans ses rendez-vous. Elle ne l'attend pas très longtemps. La porte s'ouvre sur un homme grand aux cheveux grisonnants.

– Mademoiselle Bertin !

Delphine se sent défaillir. Le médecin ressemble comme deux gouttes d'eau à celui du laboratoire d'analyse. Le rêve où, après un traitement adapté, ses seins triplaient de volumes et devenaient des usines à lait.

De plus l'homme porte le même prénom. Il ne lui manque plus que la blouse blanche.

– Ça ne va pas, mademoiselle ? demande le docteur Terrenoire qui s'est aperçu du trouble de l'arrivante.

– Si, si ! Un léger étourdissement, c'est tout, mais ça va, répond-elle sans vouloir en dire davantage.

Henri Terrenoire la fait entrer dans son cabinet.

– Asseyez-vous ! lui dit-il en s'installant à son bureau. Youri m'a transmis votre dossier et m'a parlé longuement de vous. Il m'a demandé de vous ausculter afin de vérifier que vous n'avez aucun problème de santé. D'abord, vous sentez-vous malade ? Physiquement, il s'entend !

— Non, pas particulièrement. Je me sens en forme.

— Bien. Je vais vous ausculter. Veuillez quitter vos chaussures et vous déshabiller, s'il vous plaît !

Delphine retire ses vêtements. Elle ne garde que son slip et son soutien-gorge.

— Entièrement ! ajoute froidement le praticien.

Il y a d'abord la gêne de s'exposer nue à cet homme qu'elle ne connaît pas, fut-il médecin. Mais face à l'autorité naturelle que dégage le personnage, l'embarras fait place au désir. L'envie de se montrer.

Delphine retire les derniers remparts à sa nudité et s'expose bien droite face au praticien.

— Je vous remercie pour cette exécution spontanée. Je pourrai confirmer à Youri que vos tendances exhibitionnistes sont bien réelles.

Pour la seconde fois, il parle du psy en utilisant son prénom. Les deux hommes doivent bien se connaître, en conclut Delphine.

Dans le plus simple appareil, la patiente se soumet à un début de consultation assez classique : la toise, le pèse-personne, le stéthoscope… L'annonce du poids apporte toutefois une surprise de taille à Delphine : 71 kg. Le prix de sa gourmandise.

Elle s'en ouvre au médecin en souriant :

— J'ai grossi de quatre kilos depuis la dernière fois que je me suis pesée.

— Ça n'a pas l'air de vous poser de problème.

— Non. J'assume parfaitement.

— C'est bien de ne pas avoir honte de votre corps. Je n'ai pas souvent des patientes comme vous.

— Ça n'a pas toujours été le cas. La thérapie du docteur Karbof m'a guérie et m'a fait assumer mon corps, il y a dix ans.

— On va le vérifier !

Il s'approche d'elle, lui palpe les cuisses puis les fesses, autant par plaisir que par nécessité d'examen médical.

Il attrape ensuite un petit bourrelet qui orne l'abdomen et le serre entre ses doigts. Delphine reste impassible.

— Je ne vous fais pas mal ? demande-t-il.

— Si un peu. Mais c'est très supportable.

Il remonte jusqu'aux seins et les soupèse.

— Vous avez une belle poitrine. Et vos seins se tiennent bien.

— Bizarrement, c'est depuis qu'ils ont grossi qu'ils ont remonté un peu.

— Grossi ?

— Oui, j'ai dû passer à la taille de bonnet supérieure pour mes soutiens-gorge. 95E pour ne rien vous cacher.

Mais pourquoi lui raconte-t-elle tout cela ? Elle n'a pas le temps de chercher la réponse. Elle ressent une double douleur. Terrenoire lui a attrapé les mamelons et les lui tord très fort. Delphine laisse échapper un petit cri sans toutefois chercher à se soustraire des doigts malveillants.

— Voulez-vous que j'arrête ?

Que répondre ? Mentir en répondant oui ? Elle préfère rester muette et laisser cours à cette sensation agréable qui alterne avec la douleur chaque fois que les doigts desserrent l'étau avant de repartir à la charge.

Elle n'a pas besoin d'expliquer. Henri a compris. La tendance masochiste est évidente. Plus besoin de continuer. Il interrompt le supplice. Les mamelons se sont raidis, preuve complémentaire s'il en fallait.

Il va s'asseoir à son bureau et entre des informations sur son ordinateur.

Il regarde Delphine restée droite à la même place. Il sait qu'elle est excitée, mais ne veut en aucun cas la libérer de cet état.

Elle ne pourrait démentir. C'est comme dans ses rêves, sauf que là, à cet instant, c'est la réalité. Elle a envie de se masturber mais n'ose pas le faire.

Terrenoire se relève.

— Parlez-moi maintenant du sujet qui a conduit Youri à

m'appeler ce matin : la taille de votre clitoris.

Delphine ne peut se retenir de rougir. Ainsi, le docteur Karbof n'a caché aucun détail à son confrère !

— Suivez-moi au lieu de rougir comme une adolescente !

Décidément, il voit tout et devine tout !

Elle l'accompagne dans la pièce à côté et découvre une table d'auscultation gynécologique.

— Prenez place ! Les pieds dans les étriers !

Delphine est installée, les pieds relevés et les genoux largement écartés pour offrir toute son intimité au praticien. L'homme s'est muni d'une lampe frontale et a enfilé des gants en vinyle. Il s'assoit sur le tabouret placé entre les cuisses.

Delphine a déjà subi ce genre d'examen chez sa gynécologue. Mais aujourd'hui, c'est complètement différent. Elle n'arrive pas à chasser l'excitation qui est montée en elle depuis qu'Henri lui a maltraité les seins. Elle sent les doigts se glisser à l'entrée de son vagin. Elle sait que le liquide qui suinte confirmera son effervescence sexuelle au médecin.

Au point où elle en est, inutile de le cacher !

Comme si de rien n'était, d'un geste expert, Henri écarte les poils et décalotte le clitoris en retournant son capuchon. De sa main disponible, il attrape une règle graduée pour le mesurer.

Toutes ces manipulations rendent Delphine complètement folle. Elle retient à peine un gémissement qui finit par s'échapper de sa gorge. Terrenoire n'en fait pas cas. Il se lève du tabouret, éteint sa lampe frontale et s'adresse à sa patiente :

— Vous possédez un clitoris, tout ce qu'il y a de plus normal d'un centimètre et demi pour sa partie émergée. C'est très largement au-dessus de la moyenne mais la mesure est faussée à cause de votre excitation. Il est pour ainsi dire en érection.

Delphine écoute sans écouter. Cette situation est si… insolite.

— Vous êtes donc tout à fait normale. Je confirmerai à Youri vos tendances exhibitionnistes et masochistes. Vous pouvez vous rhabiller.

Cette dernière phrase est épouvantable pour Delphine. Non ! Henri ne peut pas la laisser dans cet état. Et lui, comment peut-il conserver la tête aussi froide ?

Partie comme elle était, elle espérait que la consultation se terminerait par une partie de jambes en l'air. Hélas, non ! Au moins Henri aurait-il pu la laisser se masturber !

- 8 - Présentation chez les extra-terrestres

Frustrée, Delphine est rentrée chez elle. Loin de l'aider, la consultation du docteur Henri Terrenoire l'a au contraire agacée. Elle cherche à comprendre pourquoi. L'explication arrive. Le psy et le généraliste lui ont finalement ouvert les yeux avec ces deux mots : exhibitionnisme et masochisme. Elle pourrait en ajouter un troisième : addiction à la masturbation. L'acte auquel elle s'est livrée à peine arrivée à l'appartement le prouve.

Est-ce l'évolution normale des choses maintenant qu'on lui a donné toutes les clés ou bien une progression de sa maladie ? Syndrome de Robichka, si elle se souvient bien.

Mais bon sang ! Pourquoi Henri s'est-il arrêté ? Mais après tout, peut-être a-t-elle trouvé la consultation insolite à tort. Il fallait bien qu'elle se mette nue pour que le médecin valide son exhibitionnisme et mesure son clitoris. De même, les pincements à la poitrine et au ventre étaient nécessaires pour mettre en évidence son plaisir de souffrir.

Delphine s'est fait des idées, c'est tout. Pourtant, elle redéroule la consultation dans sa tête, en y ajoutant des épisodes, par plaisir.

Son téléphone sonne. C'est Julien. Elle ne prend pas la communication, sinon, elle va l'envoyer bouler et ils vont encore s'engueuler.

Vite ! Manger et aller se coucher ! Ça ira mieux demain !

****

L'amphithéâtre était plein à craquer. Les étudiants étaient venus nombreux. Le professeur monta sur l'estrade pour débuter son cours. Les deux assistants, chacun muni d'une fine baguette, se tenaient prêts à intervenir pour montrer les cas pratiques lorsque cela se révélerait nécessaire.

— Le cours d'aujourd'hui va nous permettre d'illustrer les théories que je vous ai exposées la semaine dernière, commença le professeur. Nous allons procéder à une étude de cas pratique avec ces deux Terriennes.

Les deux femmes faisaient face au public, chacune sur un petit podium de part et d'autre de l'estrade. Elles étaient nues et se tenaient bien droites. Les assistants installés à leur côté donnaient une parfaite symétrie à ce tableau.

Sur son piédestal, Delphine observait les étudiants qui la regardaient. Tous de petite taille, le regard attentif et la peau couverte de fines écailles. Ils ne demandaient qu'à apprendre !

Le professeur poursuivit :

— Comme vous pouvez le constater avec les deux spécimens femelles que je vous ai amenés, les Terriens sont très différents de nous. Ils sont beaucoup plus grands et leur peau est lisse et dépourvue d'écailles.

Delphine sentit la pointe de la baguette de l'assistant lui effleurer le ventre.

— Vous êtes hélas trop nombreux pour venir juger par vous-même. Je vais seulement autoriser ceux du premier rang à s'approcher et à toucher pour se rendre compte. Les autres devront attendre la fin du cours.

Pendant qu'un brouhaha de déception montait dans l'amphithéâtre, les étudiants du premier rang se levèrent et se répartirent entre les deux Terriennes.

Delphine sentit qu'on lui tâtait toutes les parties du corps. Les mains étaient petites et douces et dépourvues d'écailles contrairement aux bras ce qui rendait le toucher assez agréable. Pendant que les étudiants procédaient à leur examen minutieux, le professeur continuait son exposé :

— Leur capture est toute récente et on ne leur a pas encore

administré le moindre traitement. Vous avez donc la chance de découvrir deux Terriennes à l'état original.

Parachutée dans cet univers insolite, Delphine ignorait la signification de ces derniers propos.

Après quelques minutes de palpations intensives, les étudiants regagnèrent leur place. Delphine les vit s'éloigner avec regret à cause des sensations agréables générées par les nombreux touchers qui s'arrêtaient avec le départ des jeunes gens.

Le cours magistral reprit :

— Le système reproducteur des Terriens est très différent du nôtre. L'accouplement se produit lorsque le sexe mâle pénètre la femelle par un orifice situé sous cette partie pileuse.

Les assistants posèrent chacun la pointe de leur baguette sur le pubis des Terriennes. Nouveau frisson du côté de Delphine.

Une longue explication suivit pour détailler les étapes de la gestation humaine. La baguette accompagna la leçon en pointant l'abdomen et les hanches afin de montrer la largeur du bassin et la capacité du ventre à gonfler pour porter la progéniture.

Puis la fine tige se porta sur la poitrine. Bien malgré elle, Delphine sentit ses mamelons se durcir au contact de l'objet.

— Les Terriennes possèdent des mamelles pour nourrir leurs petits dès la naissance. Ce sont des réserves de lait. Vous remarquerez les volumes, surtout sur la femelle située à ma gauche.

Depuis la dernière montée en taille de ses bonnets de soutien-gorge, Delphine ne put qu'être en phase avec ces propos. Elle baissa machinalement le menton pour apercevoir sa poitrine. Ce fut une énorme surprise : le volume de ses seins dépassait l'entendement. Mais comment avaient-ils pu tant grossir ?

La première partie du cours dura près d'une heure. Quand sonna le moment de la pause, comme prévu, les étudiants quittèrent l'amphithéâtre en s'arrêtant quelques instants pour toucher les deux Terriennes.

Pendant cet exercice de travaux pratiques, le professeur s'interrogea en observant la femelle à sa gauche, celle nommée Delphine. Pris d'un doute, il attendit que tous les élèves soient sortis pour s'approcher de la Terrienne.

C'était la longueur et la rigidité de la pointe des mamelles qui l'avaient interpellé. Il appela ses deux assistants à ses côtés. Ses petits doigts palmés se glissèrent dans l'entrejambe pour s'insérer à l'entrée du vagin. L'humidité qu'il y découvrit ne laissait aucun doute sur l'état de la femelle.

Il voulut alors vérifier un autre détail. De son autre main, il écarta les poils pour poursuivre son investigation. Il dégagea le capuchon et fit sortir un clitoris énorme, d'une taille supérieure à celle de son doigt.

Il ne fallait pas prendre de risque. Il s'adressa aux assistants :

— Cette femelle a ses chaleurs. Ce n'était pas prévu. Remmenez-la vite et passez-la au jet, avec de l'eau très froide !

- 9 - Cours de gym très spéciaux

À son arrivée au cabinet, Delphine s'est installée dans le canapé. Elle commence à avoir ses habitudes. Le matin même, elle a appelé Youri Karbof pour lui expliquer. Celui-ci a jugé qu'il y avait urgence et lui a dit de venir à dix-huit heures après son dernier rendez-vous. Pour le psychiatre, Delphine est devenue une patiente prioritaire, non pas à cause d'un quelconque risque médical, mais égoïstement pour suivre l'évolution de son cas qu'il trouve de plus en plus intéressant.

— Si je résume, dit Karbof assis à côté de sa patiente allongée, vos rêves sont de plus en plus délirants dans un monde de plus en plus imaginaire. Et vous y prenez tellement de plaisir que vous ne voudriez pas vous réveiller. C'est ça ?

— Tout à fait, confirma Delphine.

— Le contexte onirique confirme aussi votre exhibitionnisme, ce n'est pas nouveau, mais derrière votre masochisme apparaît un désir d'humiliation. Dans votre dernier rêve, être présentée comme un animal, une bête de foire, ça vous a plu, ou je me trompe ?

— Vous ne vous trompez pas.

— Dans la vie réelle, vous refoulez inconsciemment ces tendances sexuelles. Pourtant elles sont un besoin pour votre cerveau, alors dès qu'il le peut, celui-ci compense. Le seul moment où vous le laissez libre, c'est quand vous dormez, alors, il en profite.

Delphine apprécie les explications, mais ne voit pas de solution pour sortir de l'addiction dans laquelle son esprit l'a enfermée. D'ailleurs, le veut-elle vraiment ? Karbof l'a bien compris :

— Pas question de vous retirer le plaisir de vos rêves. Par

contre, il faut donner à votre cerveau du réel pour le guider. C'est vous qui devez décider de vos rêves et pas lui. Voilà comment nous allons procéder.

Le psychiatre expose son plan. Il comporte deux parties distinctes. La première est bien comprise par Delphine. Il s'agit de conditionner son cerveau avec un scénario plausible juste avant l'endormissement. Ainsi le rêve, même fantasmagorique, restera dans un environnement ancré dans la réalité.

Pressé de vérifier son protocole, le psychiatre lance sans attendre à Delphine :

— Mettez-vous en tenue pour dormir ! Je veux le même naturel que si vous étiez chez vous. Faites comme si je n'étais pas là !

Delphine se déshabille sans le moindre complexe. Désormais, elle a compris et assume son exhibitionnisme. Elle en rajoute même. Elle tarde à repasser le chemisier censé faire office de nuisette.

Elle se recouche sur le canapé et patiente. Karbof l'observe, attend quelques instants et lui dit :

— Les mêmes gestes aussi. N'oubliez pas : vous êtes dans votre lit.

— Oh oui, excusez-moi !

Elle glisse la main dans les poils de son pubis et commence à se caresser.

— Voilà qui est parfait. Aujourd'hui pas de sédatif, je vais vous endormir par hypnose. Mais auparavant, parlez-moi du club de gym que vous fréquentez et de votre coach qui ne vous laisse pas indifférente, si je me rappelle bien nos précédents entretiens.

Delphine rougit en pensant à Marco. Grand sportif, musclé. Le regret de ne l'avoir jamais vu autrement que vêtu de son jogging.

À la demande de Karbof, elle explique les appareils qu'elle utilise ; du vélo de salle au rameur en passant par le banc de musculation. Elle donne de nombreux détails. Puis le psychiatre lui parle, lui invente des situations avec les instruments du club et lui fait imaginer des conseils audacieux de Marco.

Les paroles dansent comme des chansons. Delphine les écoute en se masturbant.

****

Delphine avait reconnu sa voisine sur le rameur à sa droite. C'était Natacha, une habituée du club de gym, comme elle. Natacha était vêtue d'un justaucorps rose et noir. Sans interrompre leurs efforts, les deux femmes échangèrent un sourire.

Delphine envoya un compliment sincère à sa voisine :

— Très joli, ton nouveau justaucorps !

— Merci ! lui répondit Natacha. Le tien te va très bien aussi. Et puis, tu ne risques pas de le déchirer avec un mouvement trop brusque.

Elle ponctua ses propos d'un petit rire moqueur. Delphine n'en comprit d'abord pas la raison. Son regard se posa alors sur les grands miroirs installés sur le mur devant elle. Elle n'avait d'ailleurs jamais remarqué ces équipements lors de ses précédentes venues.

La glace lui renvoya son image en même temps qu'elle lui apporta l'explication de la plaisanterie de Natacha : Delphine était nue. Elle ramait dans la tenue d'Ève sans la moindre gêne alors que toutes les autres femmes dans la salle étaient vêtues de tenues de sport.

Elle prit même du plaisir à se regarder ramer.

— Alors Delphine ? Tu m'as l'air en forme aujourd'hui.

Elle n'avait pas vu arriver Marco.

— C'est bien ça. Force ! Transpire ! Quel programme as-tu choisi ?

Il se pencha sur le cadran devant le rameur.

— Le numéro 7 ! Alors là, bravo ! Peu d'adhérentes arrivent jusque-là. Arrête-toi, un instant !

54

Delphine n'était pas peu fière du compliment. Elle fut même comblée quand elle sentit les doigts du coach lui palper la cuisse droite.

– En tout cas, le résultat est là. Tu t'es drôlement musclée.

Elle était aux anges. De plus, Marco la regardait sous toutes les coutures. Toutefois, il ajouta en observant le buste :

– Dis donc, je trouve que tu as pris de la poitrine aussi.

En même temps, il soupesa un sein.

– Oui, je ne peux rien te cacher, avoua Delphine sans le moindre complexe.

Elle se sentait étonnamment à l'aise, bien avec son corps et heureuse d'offrir sa nudité à Marco. Bizarrement, la scène laissait les autres femmes indifférentes. C'était tant mieux, Delphine avait le coach pour elle toute seule. Une fois de plus, comme très souvent, elle s'imagina faire l'amour avec lui. Désir irréalisable tant Marco devait avoir le choix dans ses conquêtes. Irréalisable, mais tellement bon, rien que d'y penser !

Comme d'habitude, Marco était vêtu de son débardeur noir. Ses bras nus arboraient des biceps impressionnants. Poussée par ses fantasmes, Delphine porta son regard sous la ceinture. Ce qu'elle vit l'époustoufla. Marco portait un slip noir assorti à son débardeur. Jusque-là, rien d'anormal. Par contre, le slip avait la particularité de posséder une ouverture sur le devant pour laisser sortir le sexe masculin. Et quel sexe ! Un phallus énorme, gonflé par une érection peu ordinaire. Doublement incompréhensible ! D'une part, l'accoutrement et d'autre part l'érection, d'autant que le coach se comportait naturellement avec Delphine et ne semblait pas excité.

Les paroles de Marco rappelèrent à l'ordre la rêveuse :

– Je voudrais que tu essaies le nouveau vélo qui vient d'arriver.

Comment pouvait-elle refuser ? Elle se leva du rameur et suivit Marco en tortillant des fesses, espérant que, derrière elle, on la regardait.

Marco la fit pénétrer dans une salle qu'elle ne connaissait pas.

— Voici le nouveau vélo, annonça-t-il en montrant le cycle sans roues fixé au sol et trônant au centre de la pièce. Installe-toi !

Il ressemblait à tous les vélos du club. Delphine constata toutefois immédiatement une différence notoire : à la place de la selle, deux phallus d'une taille remarquable pointaient vers le haut.

Sans s'en étonner, Delphine fit néanmoins remarquer leur démesure.

— Justement, c'est pour cela que je voudrais que tu testes l'appareil.

— Ah bon, se contenta-t-elle de répondre.

Elle était persuadée que jamais ça ne rentrerait, mais en aucun cas, elle ne voulait contredire le coach.

— Allez ! Vas-y ! Installe-toi ! insista Marco.

Delphine observa une dernière fois avec effroi les deux énormes godes. Celui de devant aurait sans doute des difficultés à rentrer dans son vagin. Mais elle n'imaginait pas comment celui de derrière réussirait à la pénétrer sans lui déchirer l'anus.

Pourtant, elle obéit à l'injonction. Elle se plaça à gauche du vélo, posa les mains sur le guidon et leva le pied pour enjamber le cadre. Une fois debout sur les pédales, elle hésita un instant avant de s'asseoir.

Elle regarda Marco qui s'impatientait. Ne pas le décevoir ! Elle baissa un peu les fesses pour sentir les deux dards lui effleurer les chairs.

Ne pas tergiverser ! Sans réfléchir, elle posa son postérieur sur la selle insolite, puis se laissa descendre. Contre toute attente, elle sentit les phallus s'insérer dans ses deux orifices avec une incroyable aisance.

Incompréhensible ! Aucune douleur ! Mais comment son vagin et son anus avaient-ils pu absorber de pareils accessoires avec autant de facilité ?

— Tu es bien en place ? demanda Marco pour la forme. Allez ! Pédale ! Je t'ai mise en programme 7 comme pour le rameur. Tu devrais y arriver sans problème. Et puis au moins, ça te préparera pour la suite.

Elle ignorait la signification du dit programme, de même que le sens des mots « ça te préparera pour la suite ».

Elle commença à pédaler puis accéléra. Elle sentit au plus profond d'elle-même les phallus se gonfler et se dégonfler au rythme du pédalage. Une sensation étrange au début, mais de plus en plus agréable.

Marco observait le cadran du guidon qui affichait une représentation graphique de l'action qui se déroulait dans les orifices de Delphine. Mais comment cela est-il possible ? pensa-t-elle.

— Le 7 n'est pas suffisant. Je passe directement au 10, déclara Marco en tournant une molette.

Delphine comprit la signification en sentant les deux phallus se gonfler à l'excès. L'impression que son vagin et son rectum allaient éclater. Elle sentit l'orgasme l'envahir.

****

— Réveillez-vous !

— Huuum… Hein ? Quoi ?

— Vous dormez depuis deux heures, lança le docteur Karbof. Il est temps de vous réveiller. Alors ? Racontez-moi !

Une fois revenue à la réalité, Delphine invectiva la psy :

— J'étais juste en train de jouir sur le vélo ! Mais pourquoi ne m'avez-vous pas laissé continuer ? En plus, je suis sûre que Marco m'aurait fait l'amour. Vous n'êtes vraiment pas sympa !

- 10 - Voyage en Afrique

Delphine est rentrée chez elle, frustrée que son psy l'ait réveillée trop tôt. Par rébellion, elle décide de ne pas suivre ses conseils pour orienter ses rêves vers la réalité. Après tout, ce n'est pas bien grave de laisser son cerveau délirer, du moment que le plaisir est au rendez-vous. Au moins, maintenant sait-elle qu'elle est exhibitionniste et masochiste.

La seule concession qu'elle a faite au praticien est d'avoir accepté la seconde partie de son plan. Sur ce sujet, elle s'est engagée à respecter à la lettre l'ordre qu'elle recevra par SMS. Un peu mystérieux tout ça, mais finalement assez excitant.

En attendant, il faut manger puis se mettre au lit, en espérant que le sommeil sera au rendez-vous.

Une heure plus tard, vêtue de sa nuisette, Delphine s'adonne au rituel examen narcissique devant le miroir de l'armoire. Elle s'interroge du scénario que lui offrira son cerveau quand elle se sera endormie. Elle ne veut pas l'influencer en lui donnant du réel. Le laisser l'entraîner où il voudra.

Elle quitte sa nuisette et s'observe. Visiblement, elle a encore grossi. Un aller-retour jusqu'au pèse-personne de la salle de bain le lui confirme : 73 kilos ! Incroyable comme ça aussi elle assume ! Elle a même l'impression que sa libido augmente en même temps que son poids.

Si elle continue à grossir, elle ne plaira plus à Julien. Finalement, ça aussi elle s'en moque. Elle se plaît à elle-même, c'est le plus important !

Elle s'observe, tout en commençant à placer sa main sur son pubis. Préparation masturbatoire instinctive. Elle pivote pour se voir de profil. Sous cet angle, elle constate le volume de ses fesses, le renflement de son ventre, l'opulence de sa poitrine.

Si elle continue de se gaver de Nutella en fin de repas comme ce soir, ça ne va pas s'arranger. Elle imagine alors son corps encore plus plantureux. L'exercice lui plaît, par jeu.

Elle augmente les caresses sur son pubis. Il est temps d'aller se coucher. Ce soir, elle décide de ne pas remettre sa nuisette. Elle a envie de dormir nue. Par plaisir, mais aussi pour savoir si cette nudité aura un impact sur ses rêves.

****

Le bruit des tam-tams redoublait d'intensité. La fête battait son plein chez les Touroumbés, tribu primitive des fins fonds de l'Afrique en marge de la civilisation. Il faut dire que cette année pour la fête de la Lune, le repas serait particulièrement copieux. Les Touroumbés avaient pour habitude de réserver pour l'occasion, le plus bel animal capturé dans la jungle au cours des derniers mois. En général, il s'agissait d'un phacochère attrapé dans un piège et engraissé par les femmes de la tribu avant d'être embroché et rôti le jour de la fête. La bête sauvage passait un mois dans une cage de bambous, gavée du matin au soir, pour n'en être sortie qu'au dernier moment et préparée selon les recettes culinaires ancestrales des Touroumbés.

Delphine ne comprenait pas sa présence au milieu de cette tribu. Elle observait, impuissante, l'agitation de la foule qui l'entourait. Elle vit deux guerriers interrompre leur danse rituelle et rejoindre les femmes occupées aux préparatifs culinaires. Ils apportèrent les trépieds de bois qui serviraient bientôt à supporter la broche. Imperturbables, les femmes pilaient le mil qu'elles mélangeaient aux baies et aux piments pour constituer la farce dont elles rempliraient bientôt l'animal.

Les deux guerriers furent rejoints par le sorcier de la tribu paré de nombreuses peintures multicolores. Les trois hommes s'approchèrent de Delphine.

– Sortez-la ! ordonna le sorcier.

Incroyable ! Delphine comprenait leur dialecte, elle qui n'avait jamais mis les pieds en Afrique et qui avait toujours été nulle en langues étrangères. Elle allait enfin connaître le sort qui l'attendait. Les hommes ouvrirent la porte de bambous et tirèrent Delphine hors de sa cage. Elle éprouva des difficultés à se remettre debout. Il lui semblait qu'elle avait passé des semaines, enfermée, toute recroquevillée dans cette prison. Ce ne fut qu'une fois debout que Delphine prit conscience de son corps. Elle ne s'était jamais sentie aussi grosse. Avis qui semblait partagé par le sorcier, à en croire l'examen qu'il faisait subir à ses chairs en les palpant et les malaxant d'un air satisfait.

– Cette année, la femelle que nous avons choisie est des plus opulentes, lança le sorcier à son entourage. Quelle belle pièce de viande à rôtir !

Delphine eut peur de comprendre. L'abondance de nourriture dont les femmes l'avaient gavée depuis des semaines… Ces préparatifs… Le gros pieu près du feu qui ressemblait à une énorme broche… Non, ce n'était pas possible… Et pourtant si : elle était prisonnière de… cannibales et elle allait leur servir de festin.

Les gestes du sorcier ne firent que confirmer ses hypothèses. L'homme pétrit les seins lourds. À deux mains, car il lui était impossible d'enserrer chacune des grosses mamelles dans une seule. Même Delphine elle-même avait du mal à reconnaître ses organes mammaires tant leurs volumes étaient devenus impressionnants.

Les mains du sorcier descendirent et s'attardèrent sur les bourrelets de la taille et des hanches. Un rapide contournement du bassin emmena le chef spirituel des Touroumbés vers l'imposant postérieur. Il en écarta les deux hémisphères pour découvrir la rondelle brune cachée au fond de la raie des fesses. Il y introduisit quelques doigts serrés pour contrôler la largeur de l'orifice. Delphine sentit les phalanges s'enfoncer profondément dans son anus sans rencontrer la moindre résistance. Elle en fut étonnée et déconcertée. Elle avait imaginé ses sphincters plus rebelles. L'homme termina son exploration anale et reprit l'examen anatomique Delphine. Il enserra une cuisse à deux mains pour chercher à en estimer le diamètre. N'arrivant pas à faire se rejoindre ses doigts, il ne put que se satisfaire de la circonférence de ces véritables jambons.

Le sorcier termina enfin son inspection en glissant sa main dans l'entrejambe. Il attrapa à pleine main la vulve grasse dont les lèvres pendantes paraissaient avoir subi un invraisemblable traitement d'allongement. Il relâcha enfin son emprise et, comblé, il ordonna à ses sbires :

— Cette grosse femelle est parfaite. Emmenez-la pour que les femmes la préparent !

Delphine était terrorisée. Comment en était elle arrivée là ? Elle devait rêver, c'était certain. Pourtant, tout lui semblait bien réel. Son corps qui avait pris des dizaines de kilos, la cage de bambous, le sorcier, les deux guerriers et, plus loin, les femmes occupées à leurs préparatifs et surtout le feu…

Delphine n'était plus dans sa cage. Elle n'était pas attachée et était libre de ses mouvements. Elle aurait dû se mettre à courir, s'enfuir, échapper à ce sorcier qui la traitait comme une vulgaire bête de boucherie.

Mais elle ne comprenait pas. Elle n'éprouvait pas le besoin de se dérober. Comme si son avenir d'animal rôti lui paraissait une chose normale. Avant de se laisser emmener par les deux hommes, elle chercha même à mieux comprendre ce qui allait lui arriver.

— Vous… Vous allez me faire… rôtir ? demanda-t-elle incrédule.

Contre toute attente, le sorcier lui répondit avec amabilité. Il se mit même en devoir de lui expliquer le sort invraisemblable qui lui était réservé :

— Évidemment, pourquoi crois-tu qu'on t'a engraissée depuis deux lunes ? Et je suis certain que tu seras bien meilleure qu'un phacochère. Bien sûr que tu vas rôtir ! Mais auparavant, nos femmes vont te farcir pour te gonfler au maximum, à la limite de l'éclatement, car tu dois être abondamment remplie pour servir de festin à toute la tribu. Puis tu seras embrochée. Je me suis assuré que ton trou était suffisamment large pour t'empaler avec le pieu là-bas.

Delphine était effrayée d'entendre de pareils propos. Machinalement, elle jeta un coup d'œil à l'énorme pal posé contre un arbre. Un gros piquet en bois de deux mètres de long. Il semblait assez solide pour supporter son poids. Les indigènes l'avaient certainement choisi en connaissance de cause. Elle devina son imposant diamètre et soudain ses pensées dérivèrent. Mais au lieu de s'affoler et de s'épouvanter sur son dramatique sort, Delphine commença à imaginer cette énorme broche s'enfoncer lentement dans son rectum. Quelques secondes lui suffirent pour matérialiser dans sa tête cette prochaine étape. Mais sa frayeur, au lieu d'évoluer vers une terreur bien compréhensible, se transforma au contraire en une excitation inconcevable. Une folle envie d'avoir le cul rempli, même si elle devait en mourir !

Delphine accompagna ses gardiens jusqu'au groupe de femmes. Elle remarqua un trou dans le sol au-dessus duquel trônait une structure de bambou. Elle n'en connaissait pas la fonction, mais soupçonna très logiquement une utilité en rapport avec sa préparation. Les femmes prirent Delphine par les épaules et la firent s'agenouiller et plier en avant. On lui ramena les mains vers les chevilles.

Delphine avait la joue contre terre. Elle se sentait offerte, vulnérable. Sa respiration s'accéléra. Des picotements lui taquinèrent le ventre. Elle aimait ce signal du plaisir naissant.

Les deux guerriers apportèrent leur aide aux femmes. Ils ne

furent pas de trop pour soulever le corps plantureux et le poser sur la structure de bambous. Delphine se retrouva à l'envers, la tête au fond du trou. Ses jambes étaient écartées et ses genoux repliés pour ne laisser que son monumental postérieur surplomber la structure de bambou.

Le haut du corps de Delphine était maintenant dissimulé jusqu'à la taille. La tête, le buste et l'abdomen avaient disparu dans le trou. Seule dépassait la partie inférieure de son anatomie. La position était des plus inconfortables, mais ô combien pratique pour rendre accessible le phénoménal arrière-train qui s'exhibait majestueusement !

Les femmes ne perdirent pas de temps. À tour de rôle, elles s'approchèrent de l'animal exposé à l'envers et lui remplirent les deux orifices ouverts avec la mixture qu'elles préparaient depuis le matin.

Delphine éprouva d'abord un plaisir certain à se laisser remplir de farce. Puis elle sentit ses entrailles la chauffer. Il suffisait d'imaginer l'action des piments pilés au milieu des autres ingrédients pour comprendre que cette chaleur allait s'amplifier, lui brûler ses délicats conduits et devenir intolérable. Les femmes terminèrent de bourrer le mélange culinaire dans les orifices en se servant d'un pilon de bois. Pas moins de sept bols de farce avaient été transvasés dans les entrailles de l'animal.

Le cul semblait enfin rempli tandis que la souffrance de Delphine s'amplifiait. Outre l'effet des piments, c'était maintenant cette sensation d'être remplie au-delà du raisonnable. Et le manège continuait. La dernière femme s'empara de son pilon et l'enfonça avec insistance dans l'anus débordant de farce. Le geste, plusieurs fois répété, suffit à faire de nouveau de la place et le contenu d'un huitième bol fut déversé dans le rectum.

Incroyable Delphine ! La douleur était atroce. Pourtant, le seul fait de se savoir remplie, le ventre distendu et prêt à éclater changea totalement sa perception de la situation. Son imagination s'emballa. Elle ne pensa plus qu'à son cul garni, débordant de farce. Malgré sa position inconfortable et malgré la douleur, le plaisir refit son apparition. Puis il se montra plus présent pour enfin dépasser la souffrance.

Quand les hommes ressortirent la femelle du trou pour la remettre à l'endroit et l'installer à genoux, penchée en avant, elle râla. Des râles de plaisir. Elle retrouva sa position précédente, joue contre terre, mais cette fois, on lui lia les mains aux chevilles. Le sorcier s'approcha, tâta le ventre pour en valider le remplissage.

— Embrochez-la ! commanda le chef religieux à ses hommes.

Delphine aurait dû être épouvantée. Pourtant cet ordre fut une délectation pour ses oreilles. Elle sentit son cul ouvert prêt à se laisser défoncer par l'énorme pieu que deux guerriers venaient de soulever. Delphine perçut la pointe de bois s'introduire dans son anus. Plus le pieu la pénétrait, plus elle sentait la jouissance monter en elle. Elle n'était même pas affolée par ce qui arriverait quand le bout pointu atteindrait le fond de son rectum. Elle savourait l'instant présent.

Soudain, elle jouit, puis se laissa emporter par l'orgasme.

****

Delphine est en nage. Elle vient de se réveiller. Les draps et les couvertures sont tombés du lit tant elle a gesticulé pendant son sommeil. Il lui faut quelques minutes pour reprendre pied avec la réalité. Encore sous le coup de son rêve, elle se caresse mécaniquement le sexe. Il est trempé.

Elle ne regrette pas d'avoir livré ses rondeurs à son cerveau lors de son passage devant le miroir. C'est sans doute la raison qui l'a conduite dans ce rêve absurde mais tellement bon. Elle regrette seulement de s'être réveillée un peu trop tôt. Pourquoi n'est-elle pas restée plus longtemps en Afrique ? À cet instant, elle serait embrochée et en train de rôtir chez les cannibales. Comme pour prolonger son voyage onirique, elle contracte les

sphincters de son anus pour chercher à sentir le pieu enfoncé
en elle. Malheureusement, elle doit se rendre à l'évidence : son
cul est vide !

Delphine ne peut pas rester sur cette insatisfaction. Elle en
veut toujours plus. Donner du réel à son cerveau, lui a dit son
psy ! Elle se lève, sort de la chambre et se rend au cellier sans
s'habiller. Elle pousse sur le côté les produits d'entretien et se
saisit d'un balai qu'elle coince à l'horizontale entre la poignée
de l'aspirateur et l'escabeau. Elle considère avec exaltation
l'extrémité du manche en bois terminé par un embout de
caoutchouc.

Delphine se retourne et s'accroupit. Elle glisse une main derrière elle pour s'emparer du pieu improvisé qu'elle oriente vers
son anus. Lorsque le manche à balai est correctement placé
dans la raie des fesses, elle se met à quatre pattes et d'un
brusque mouvement de cul vers l'arrière, s'empale sur sa
broche de fortune. Elle se l'enfonce jusqu'à la limite du raisonnable. Puis elle entame une série de mouvements
ininterrompus d'avant en arrière. Malgré un équilibre précaire,
elle relève une main qu'elle dirige entre ses cuisses. L'orgasme
arrive vite, très vite. Quand il envahit Delphine, elle n'est plus
dans le cellier, elle est retournée chez les cannibales et se voit
rôtir au-dessus du feu, le cul défoncé par l'énorme pieu en bois.

- 11 - Une invitation mystérieuse

Le SMS n'est pas celui qu'elle attendait. Il émane de Julien :

Salut Delphine. Je pense que pendant quelque temps, ce serait mieux de ne pas se voir. J'ai besoin de faire un break pour réfléchir. Je t'embrasse.

L'hypocrite ! Le lâche ! Les premiers qualificatifs auxquels songe Delphine. Le rappeler pour lui dire ce qu'elle pense de cette façon de faire ? Ça lui a traversé la tête un instant. Mais non, il n'en vaut pas la peine. De toute façon, ça n'allait plus entre eux ces derniers temps. Finalement, elle n'est qu'à moitié surprise.

Le plus étonnant est qu'elle ne ressent pas de peine, seulement de la colère.

Nouveau ding ! Numéro masqué.

Rendez-vous ce soir 20 h sur le parking de la place Maison Rouge. Tenue vestimentaire : robe ou jupe.

Mais, place Maison Rouge, c'est au bout du « passage des plaisirs » ! remarque-t-elle.

Le genre de message auquel elle n'aurait pas donné suite s'il n'avait pas été annoncé par son psy. Mais là, le contexte est totalement différent.

Inquiétude ? Excitation ? Difficile de faire la part des choses. Et bien sûr, la coïncidence du lieu lui remémore le rêve où elle devenait une prostituée du quartier. Juste de quoi faire gagner l'excitation sur l'inquiétude. Sans compter que l'affligeant SMS de Julien l'encourage à tenter l'aventure.

Vingt heures cinq. Delphine attend sur le parking de la place Maison Rouge. Côté vestimentaire, elle a opté pour un chemisier à fleurs et, conformément à la consigne, une jupe droite. Ensemble ni provocant ni trop classique.

La traversée du passage du plaisir lui a émoustillé les sens. Elle se demande si son prochain rêve ne se situera pas de nouveau dans ce quartier.

Dix minutes qu'elle patiente. Elle espère ne pas avoir à faire à un plaisantin.

Tout à coup, une voix derrière elle :

– Bonsoir Delphine. Ravi de vous revoir.

Henri ! Enfin… le docteur Terrenoire. Le vrai ou celui du laboratoire dans son rêve ? Elle ne dort pas. Ce doit être le vrai. D'autant qu'il a troqué la blouse blanche pour un élégant costume.

– Euh… bonsoir, répond-elle à peine remise de sa surprise.

– Vous n'avez pas encore dîné, j'espère.

– Euh… non.

– Parfait ! Suivez-moi, je vous invite au restaurant.

Deux heures plus tard, Delphine s'apprête à commander son dessert. Dubitative avant son arrivée au restaurant, à cause de la déception et de la frustration de la première rencontre, elle est agréablement surprise par son hôte. Il se montre charmant et plein d'égards. Il sait placer les mots qu'il faut et lancer des sous-entendus pour aiguiser l'intérêt de son invitée.

– Maintenant que nous arrivons à la fin du repas, je vais entrer dans le vif du sujet, déclare Henri. Lors de votre consultation à mon cabinet, vous avez été déçue et frustrée par mon attitude passive, n'est-ce pas ?

Elle ne put qu'acquiescer.

– Sachez que cette indifférence affichée était une consigne de Youri. Mais ce soir, il m'a confié la lourde tâche de vous proposer de vous emmener dans un monde où il est certain que vous vivrez plusieurs de vos rêves en réel.

— Pardon ? J'avoue ne pas comprendre.

— Pour l'instant, ce n'est pas grave. J'ai seulement besoin de votre accord.

— Mais ça consiste en quoi ?

— Vous le saurez en temps utile. À vous de voir. Je vous réclame un chèque en blanc, je le reconnais. Vous pouvez refuser, je comprendrais. Mais dans ce cas, vous vous condamnez à ne trouver le bonheur et le plaisir que dans vos rêves, comme jusqu'à présent. Dans l'autre cas, je vous garantis une satisfaction réelle et tangible.

— Comment en êtes-vous si sûr ?

— Youri et moi-même, nous vous avons parfaitement analysé. Nous connaissons le syndrome de Robichka. Et désormais, nous vous connaissons bien aussi.

— …

— Je comprends votre hésitation. Si vous le souhaitez, vous pouvez commencer par un essai. Vous ne vous déciderez définitivement que demain.

Un peu ce qu'elle attendait. Les propos et le mystère complétés par l'alcool du repas ont accompagné son cerveau à lancer le moteur de l'excitation.

Delphine évacue toutes les raisons qui pourraient la faire refuser.

— Eh bien d'accord pour l'essai ! On commence quand ?

— Maintenant ! réplique Henri. Retirez votre culotte et donnez-la-moi !

Elle n'est nullement perturbée par la demande, comme si elle s'attendait à ce genre de sollicitation. Une seule remarque lui vient à l'esprit : heureusement que je n'ai pas mis de collants ! Elle avait pourtant hésité en se préparant, mais la clémence de la météo l'avait décidée à garder les jambes nues.

Henri l'observe. Ses joues se sont légèrement empourprées, sans plus. Il est presque certain que sa demande a occasionné un frétillement chez son invitée. Il ne s'est pas trompé, même si elle essaie de ne pas le laisser paraître.

Delphine a passé les mains sous la table. Elle se contorsionne. Pas facile pour rester discrète ! Elle réussit à faire glisser sa culotte, puis doit pencher le torse jusqu'à la table pour permettre à ses bras de la faire descendre le slip jusqu'aux chaussures. Elle soulève un pied, puis l'autre.

Enfin, elle l'a. Elle la tient au bout des doigts.

— Tenez ! murmure-t-elle en tendant sa main sous la table.

Henri fixe son regard dans le sien :

— Donnez-la-moi par-dessus de la table !

— Mais… les gens vont voir.

— Auriez-vous honte, Delphine ?

Le frétillement devient frisson… agréable.

Elle se résout à passer la main au-dessus de la nappe, tout en tenant serrée dans le creux de la main la petite pièce en coton dont Henri se saisit.

Loin d'afficher la même retenue, le médecin déplie la petite culotte rouge qu'il examine sans la dissimuler.

— Très mignon ! commente-t-il à haute voix. Je la garde.

Il enfouit le slip dans sa poche.

Le serveur apporte les desserts. Gourmande, Delphine a choisi un tiramisu.

— Première épreuve réussie, annonce Henri. Pour la suite, je vais vous fournir les premières règles qui vont désormais régir nos échanges verbaux.

Elle écoute tout en sentant l'excitation la gagner.

— Désormais, je vais te tutoyer, Delphine. Mais toi, tu continueras à me vouvoyer et tu m'appelleras toujours Monsieur. Est-ce clair ?

— Oui, Monsieur.

— Tu comprends vite, c'est très bien.

Elle ne connaît pas les raisons, mais ce petit jeu l'émoustille. Se sentir sous la dépendance du docteur lui plaît. Du coup, elle en rajoute :

— Merci Monsieur.

Sans compter que sentir son sexe et ses fesses à l'air sous sa jupe l'excite au plus haut point.

Henri demande sans attendre l'addition au serveur. Il remarque l'étonnement de Delphine.

— La suite se déroulera ailleurs, juge-t-il bon de lui dire. Lève-toi ! Nous partons.

Elle obéit dans un mélange de curiosité, d'inquiétude et d'excitation.

- 12 - Prise en main par Henri

Depuis qu'elle est montée dans la voiture, Delphine a les yeux bandés par un masque de sommeil comme ceux que l'on porte dans les avions pour dormir.

Après une demi-heure de trajet, elle a quitté l'Audi et s'est laissé guider par Henri.

Un corridor, des marches d'escalier qui descendent... enfin, c'est ce qu'elle déduit de sa marche en aveugle.

Henri est satisfait de la docilité constatée. Trop tôt pour expliquer à Delphine où elle se trouve. Il juge nécessaire de pousser encore un peu le test de l'obéissance.

— Déshabille-toi entièrement ! ordonne-t-il. Sans retirer ton bandeau bien évidemment !

Elle s'exécute sans y voir.

Elle sent la main d'Henri lui saisir le bras. Elle se sait nue, vulnérable. Mais au lieu de l'inquiéter, cette situation l'excite.

Il lui fait appuyer le buste contre quelque chose de dur puis lui ordonne de lever les bras et d'écarter les jambes. Elle entend des bruits métalliques et comprend qu'il l'enchaîne par les poignets et les chevilles. Puis, plus rien. Le silence.

Henri s'est reculé pour contempler Delphine attachée à la croix de Saint-André. Chaque fois qu'il amène une femme dans son donjon implanté dans la cave sous sa maison, il aime toujours commencer par passer un moment silencieux à découvrir la soumise offerte.

Il savoure la nudité des épaules, du dos, des fesses et de l'arrière des cuisses exposés à son regard.

Enfin, il s'avance et glisse la main sous les fesses de Delphine. Les doigts caressent le sexe et constatent une humidité qui dévoile l'état dans lequel se trouve sa prisonnière. Il doit se passer des choses intéressantes dans sa tête, pense-t-il. Autant la laisser mariner encore un instant. Henri se recule et observe à nouveau le tableau dont il se sent l'auteur.

Combien de soumises a-t-il déjà attachées à cette croix ? Il ne les a pas comptées. La première fois est toujours sujet à découverte, comme aujourd'hui avec Delphine.

Il scrute les fesses. Trop grosses à son goût. Il n'a jamais raffolé des postérieurs volumineux. Il préfère de loin les petites fesses de Chloé, mignonnes et délicates. Ah ! Chloé ! C'est autre chose. De la sveltesse, de l'élégance, de l'esthétique…

Pourtant, Henri doit reconnaître que les fesses de Delphine dégagent une certaine majesté. Ce n'est pas le cas de tous les gros culs, s'empresse-t-il d'ajouter en son for intérieur.

L'œil du médecin prend le relais de celui du dominant et cherche les défauts qui souvent accompagnent les plantureux volumes fessiers. Cellulite ? Affaissement ? Mauvaises proportions ? Chez Delphine, rien de tout cela ! Étonnant, se dit-il en repensant au tiramisu et à la confession gourmande à laquelle elle s'est livrée.

Finalement, malgré ses préjugés, Henri reconnaît la beauté des grosses fesses exposées à son regard !

Allez ! Assez attendu !

Delphine sursaute tout autant en raison du bruit soudain que de la vive douleur qui lui traverse le dos.

Parmi ses instruments, Henri a choisi le martinet à cinquante brins, celui qu'il utilise toujours pour l'initiation des nouvelles. Du bruit impressionnant, des cinglements douloureux sans être excessifs. On va bien voir !

– Aïe ! Aïe ! Non ! Arrêtez ! Détachez-moi !

Réaction habituelle !

Delphine commence à regretter son insouciance et sa légèreté d'avoir accepté.

– Non ! Non ! Je ne veux plus ! Arrêtez !

Loin de cesser, les cinglements redoublent d'intensité, puis, soudain, s'interrompent.

Henri pose son instrument, s'avance et, de ses deux mains puissantes, palpe les fesses striées de rouge.

– Elles ne sont pas encore assez chaudes, glisse-t-il à l'oreille de la captive.

Il se recule et entame une nouvelle série de coups de martinet.

Delphine se remet à crier et à supplier. Elle pense qu'elle va s'évanouir. Finalement, non. Au bout de quelques minutes, une sensation étrange accompagne la douleur quand les lanières s'abattent sur les fesses, mais seulement sur les fesses. En effet, la souffrance reprend le dessus quand les frappes remontent du dos jusqu'aux épaules.

Nouvelle interruption. Delphine sent de nouveau les mains lui malaxer la chair de son postérieur.

– Enfin, elles commencent à être chaudes ! lance Henri.

Bizarrement, les propos couplés au geste provoquent un nouvel effet étrange. Delphine ne comprend pas, elle sent monter dans son ventre un besoin. Le même que celui qu'elle éprouve avant de se masturber. Comment est-ce possible ?

La main droite d'Henri se glisse sans difficulté entre les deux cuisses écartées. Ses doigts pénètrent l'entrée du vagin. Pas besoin de rentrer bien profond pour détecter une humidité anormale.

– Hypocrite avec ça ! commente-t-il. Tu commences à mouiller comme une chienne en chaleur.

Non, c'est faux ! a envie de répondre la prisonnière. Il bluffe. Elle n'a pas le temps de poursuivre plus loin sa réflexion. Henri a repris les frappes en cadence. Mais cette fois, il privilégie les fesses pour cible.

Delphine crie de nouveau, mais les supplications se font moins fortes jusqu'à s'éteindre pour laisser place à des gémissements.

La prisonnière de la croix ne maîtrise plus du tout la réaction de son corps. Elle a juste compris que désormais chaque cinglement sur les fesses fait monter son désir.

Trente secondes, une minute, deux minutes et enfin un cri rauque. Delphine jouit.

- 13 - Inquisition

Delphine est rentrée chez elle dans la nuit, raccompagnée par Henri. Malgré l'heure tardive, elle n'arrive pas à trouver le sommeil.

La décision qu'elle a prise quelques heures plus tôt est lourde de conséquences, mais elle n'a pas réfléchi davantage. L'avant-goût que lui a offert Monsieur Henri — elle a bien intégré qu'elle doit désormais ainsi nommer le médecin — est sans appel. L'homme lui permet d'entrer dans ce monde mystérieux qu'est le SM et qu'elle découvre.

Après son expérience sur la croix de Saint-André, Delphine a dit oui. Elle a trop besoin de continuer, comme un alcoolique face à l'alcool, comme une droguée face à la drogue. Au moins cette addiction-là est-elle sans danger… enfin, le croit-elle.

Elle est allongée mais ressent toujours le fouet sur son corps. La douleur affreuse puis le plaisir intense. Quel contraste ! Elle n'aurait pas voulu que ça s'arrête.

Delphine est nue sous les draps. La tenue désormais exigée par Henri pour dormir. Une exigence parmi d'autres qui lui a été notifiée par le médecin. Delphine a tout accepté par avance, comme ne plus faire de projets de week-end pour être disponible. Elle est d'ailleurs impatiente de découvrir ce que les fins de semaine lui réserveront.

Il faut une énorme dose de confiance. Mais elle n'est pas inquiète. De toute façon, elle a le droit de tout arrêter du jour au lendemain. Mais si elle arrête, c'est la totalité. En résumé : tout ou rien. Elle vient juste de commencer, mais dans tous les cas, elle n'a par avance aucune envie d'arrêter.

Dès qu'elle s'est couchée, Delphine s'est empressée de se

masturber. S'imaginer encore attachée à la croix et fouettée intensément lui a fourni un orgasme plus fort que d'habitude. Elle n'en a pas été surprise.

Maintenant, il faut dormir, sinon dans quelques heures, ce sera dur de se lever et de se rendre au travail.

****

— Donne encore un quart de tour, ordonna le prêtre au bourreau.

Delphine s'inquiétait de savoir si ses articulations allaient résister à ce nouvel étirement.

Au fond de la cave humide éclairée par des torches, le tribunal de l'Inquisition présidé par le Père Francisco, Grand Inquisiteur, faisait appliquer la sentence que le tribunal avait prononcée à l'encontre de Delphine. Condamnée pour sorcellerie ! Elle avait du mal à comprendre.

Delphine sentit ses bras et ses jambes se tendre davantage quand le bourreau donna le nouveau quart de tour exigé.

Immobilisée nue sur la table, elle avait les mains attachées à la roue derrière sa tête et les pieds enchaînés à l'autre extrémité.

— C'est bien comme ça, acquiesça l'Inquisiteur. Tu peux reprendre son remplissage maintenant !

Le bourreau enfonça le bec de l'entonnoir jusqu'à la gorge dans la bouche de la sorcière et réclama à son assistant une nouvelle bonbonne.

Rapidement, Delphine sentit le liquide couler dans son œsophage comme précédemment avec la première bonbonne. Elle était incapable de compter le nombre de litres qu'on lui avait déjà fait ingurgiter par ce moyen.

L'inconfort du début avait fait place à la douleur comme si on lui comprimait les organes de l'intérieur.

Soudain, son visage fut inondé. Le liquide débordait de

76

l'entonnoir.

Le bourreau cessa de vider la bonbonne.

– Ça ne rentre plus, déclara-t-il. Il faut faire une pause.

Il retira l'entonnoir. Par un difficile effort, Delphine releva un peu la tête et découvrit un spectacle ahurissant.

Son ventre était gonflé comme une baudruche. Un volume pire que si elle avait été enceinte.

C'est impossible, ce n'est pas moi. Je vais éclater.

– Détache-la et finis de la remplir autrement, ordonna le Père Francisco jamais à court d'idées.

Delphine sentit ses bras et ses jambes se détendre. Ouf ! Elle ne mourrait pas démembrée. Le bourreau l'aida à descendre de la table. Elle posa ses pieds nus sur la terre humide de la cave. Il lui était presque impossible d'avancer à cause de l'encombrement de son ventre.

Elle dut s'agenouiller puis se mettre à quatre pattes. À cet instant, elle sentit ses organes se comprimer un peu plus. C'était son ventre qui, en raison de son ampleur, appuyait sur le sol. Surréaliste !

Le bourreau ne perdit pas de temps, il reprit l'entonnoir et l'enfonça dans l'anus de Delphine. Le remplissage se poursuivit tout naturellement par ce nouvel orifice comme l'avait réclamé l'Inquisiteur.

Delphine s'interrogeait sur la quantité supplémentaire de liquide qu'elle pourrait encore ingurgiter par cet endroit. Après l'estomac, le rectum et les intestins !

L'envie d'uriner s'était aussi naturellement installée. Delphine chercha à pisser en écartant les genoux, mais ses organes étaient tellement comprimés qu'elle n'y réussit pas.

– C'est bon, elle est assez pleine, lança l'Inquisiteur. Mets-lui un bouchon et fouette-la !

Le temps de sortir l'embout de l'entonnoir pour le remplacer par un gros cylindre de liège, un peu de liquide s'écoula, mais pas suffisamment pour soulager Delphine.

Ses intestins auraient voulu expulser tout ce dont ils étaient remplis, mais l'obstacle enfiché dans l'anus les en empêchait.

Soudain, le long fouet vint lécher le gros postérieur.

La surprise puis la douleur. Delphine cria :

— Aïe !

— Silence sorcière ! lui répondit l'Inquisiteur. Bourreau, attache-la !

En peu de temps, Delphine se retrouva saucissonnée dans sa position à quatre pattes. Les cordes qui comprimaient son ventre rendaient encore plus intense son envie d'uriner.

Les coups de fouet pleuvaient.

Incapable de remuer, les mains attachées le long de ses jambes repliées, Delphine sentit pourtant le l'extrémité de son index lui frotter le clitoris.

Mais comment cela était-il possible ?

Elle ne chercha pas la réponse, mais laissa le doigt poursuivre l'intense caresse. Incroyable ! La même dextérité que lorsqu'elle se masturbait !

****

Delphine se réveille en même temps qu'elle jouit. Elle est toujours nue, mais n'est plus attachée. Elle est allongée dans son lit. Le drap est repoussé. Elle est en sueur.

Le temps de réaliser. Elle vient de se masturber en dormant, pendant qu'elle rêvait. La première fois que cela lui arrive. C'est l'orgasme qui l'a réveillée.

- 14 - Soumise Chloé

Delphine a attendu l'arrivée du week-end avec impatience. Monsieur Henri comme elle le nomme désormais ne s'est plus manifesté depuis la soirée où elle a découvert qu'elle était capable de jouir sous le martinet.

Elle a donné son accord et souhaite même aller au-delà de l'essai. Alors, elle applique à la lettre les premières consignes que lui a données Monsieur Henri. Dormir nue, garder ses week-ends disponibles, et surtout attendre. Attendre les ordres. Ce dernier point est pour l'instant le plus difficile à vivre.

Samedi est arrivé. Delphine vient de terminer son petit déjeuner et envisage sans enthousiasme de devoir rester enfermée et patienter dans son appartement.

Soudain arrive le SMS libérateur.

Rends-toi immédiatement au 24 rue d'Islande, appartement 25.
Fais tout ce qu'on te demandera.

Enfin !

Aucune précision. Aucune consigne à part celle d'obéir. Delphine perçoit une sensation agréable, résultat inexplicable du mélange de l'inquiétude et du plaisir d'ignorer ce qui l'attend.

Le message provient d'un numéro masqué. Il n'appelle donc aucune réponse.

Une rapide recherche de l'adresse sur Google pour décider de s'y rendre en bus. Passage par la salle de bains pour se pomponner. Un string noir. Une petite robe courte à brides. Un soupçon de parfum. Elle espère qu'elle plaira.

Une demi-heure plus tard, elle sonne à l'appartement 25. La

porte s'ouvre sur une femme vêtue d'un peignoir de bain. Jeune, brune, cheveux courts, svelte et pas très grande. Elle l'accueille avec un grand sourire :

— Bonjour. Je suis Chloé, soumise de Maître Henri.

— Bonjour, répond Delphine surprise par les termes insolites de cette présentation. Je suis…

— Oui je sais, la coupe la jeune femme. Je t'attendais. Entre !

L'appartement est tout ce qu'il y a de normal. Pas d'instrument SM comme l'avait un instant imaginé Delphine.

— Veux-tu un café ? demande Chloé.

— Non. Je vous remercie. Je viens d'en prendre un.

— Ah ! Une petite précision : tu me tutoies. Je suis une soumise comme toi… enfin comme toi tu vas le devenir. C'est ce que m'a dit Maître Henri.

— Tu l'appelles Maître Henri. Moi je dois dire Monsieur. Je suis un peu perdue.

— C'est une des raisons pour laquelle tu dois passer la journée avec moi. J'ai ordre de t'expliquer les codes. Je suis la soumise de Maître Henri, c'est pour cela que je l'appelle Maître. Toi, en revanche, tu es une soumise mais pas la sienne. Il se contente de t'apprendre. Tu n'as donc pas le droit de l'appeler Maître, mais tu dois utiliser le mot : Monsieur.

Un peu compliqué, se dit Delphine. Mais elle pense avoir compris.

— On va tout de suite passer aux choses sérieuses. D'abord, la moins agréable. Je dois t'épiler.

— Ah bon ? Je ne sais pas si c'est nécessaire, à part les aisselles que je rase régulièrement, j'ai la chance d'avoir un duvet invisible sur mes jambes.

Chloé laisse échapper un petit rire.

— Il y a d'autres endroits où les poils abondent sur ton corps. Maître Henri veut que je te les enlève tous. Comme moi.

Elle ouvre son peignoir et exhibe son sexe glabre.

— Ah oui, d'accord. Excuse-moi ! Je découvre ce monde.

— Ne t'inquiète pas ! Je suis justement là pour t'y aider. Allez ! Déshabille-toi et suis-moi dans ma chambre !

Cinq minutes plus tard, Delphine a retiré tous ses vêtements et s'est allongée sur la serviette de bain dépliée en protection du dessus de lit. À la demande de Chloé, elle a écarté largement les jambes et attend que cette dernière dépose la cire chaude sur les poils de son pubis et autour de sa vulve.

Pendant les préparatifs, les deux femmes continuent à papoter. Une sympathie réciproque s'installe entre la formatrice et l'élève.

Lorsque la cire a refroidi et emprisonné les poils pubiens, Chloé attrape la plaque et tire un coup sec sans prévenir Delphine, lui arrachant un petit aïe.

— Je suis désolée. Je sais que ce n'est pas très agréable, mais il faudra t'y habituer, à moins qu'un jour tu aies une épilation définitive au laser comme moi.

Elle inspecte alors la zone devenue presque glabre.

— C'est la première fois, alors il reste encore des poils. On repasse une couche.

Après cette seconde séance et une finition à la pince à épiler pour arracher les derniers poils récalcitrants, Chloé estime l'opération réussie.

— Relève-toi et mets-toi à quatre pattes !

L'air interrogatif de Delphine justifie le commentaire de Chloé :

— Il reste des poils non accessibles quand tu es allongée et aussi ceux du pourtour de ton anus.

En s'installant dans la position demandée, genoux largement écartés, Delphine ressent un mélange de vulnérabilité, d'humiliation et de plaisir exhibitionniste qui est loin de lui déplaire.

— Ce qu'il y a de bien avec toi, c'est que tu as dépassé le stade de la honte et de la retenue. Remarque, je ne suis pas surprise, mon Maître m'a parlé de ton penchant pour l'exhib.

La cire chaude autour de l'anus ne fait que renforcer l'excitation montante de Delphine.

Quand l'opération est terminée, Chloé tend un petit miroir à Delphine pour qu'elle constate le résultat.
— Ça me fait bizarre. Je me sens encore plus nue. J'aime bien.
— Tu verras. On s'y habitue tellement que tu ne pourras plus t'en passer. Bon. Maintenant, allonge-toi ! Je vais te passer un peu de baume apaisant pour que les rougeurs disparaissent.

Chloé part vers la salle de bains et revient avec un pot dans les mains. Elle a quitté son peignoir et est aussi nue que Delphine. Elle commence à enduire les zones épilées du baume réparateur. Elle caresse la peau avec beaucoup de douceur.
— Ferme les yeux ! ordonne-t-elle.

Elle n'a pas besoin de le répéter. Aveugle Delphine peut concentrer tout son esprit sur les caresses. Parfois les doigts s'égarent.
Soudain, une impression étrange au niveau du clitoris. Rien d'étonnant, c'est la bouche de Chloé qui vient de prendre possession du petit bouton.
Delphine accompagne l'initiative de petits gémissements.
Chloé ne pensait pas que les évènements iraient aussi vite. Prise elle aussi par l'excitation, elle décide de griller les étapes. Elle abandonne un instant le léchage du sexe pour s'installer à quatre pattes, tête-bêche au-dessus de Delphine qui rouvre les yeux et découvre le petit cul ferme et offert à quelques centimètres de son visage.
Chloé n'a pas besoin de donner la moindre explication ni la moindre consigne.
Delphine répète instinctivement les mouvements de bouche

et de langue que lui applique Chloé. Sans la moindre expérience homosexuelle antérieure, elle se surprend à adorer cette relation qui amplifie son plaisir.

Chloé n'est pas de reste. C'est en symétrie parfaite que les deux femmes gémissent et finissent par s'offrirent une jouissance réciproque.

- 15 - Une nouvelle amie

La journée passée à discuter, à expliquer, à apprendre, à échanger, à déjeuner ensemble et à s'offrir du plaisir réciproque a suffi à faire des deux femmes des amies.

Même si Delphine était l'élève, chacune a appris de l'autre. Chloé a été stupéfaite et presque envieuse des rêves fantasmagoriques récurrents de Delphine. Quant à Delphine, elle est sous le charme du tatouage de la fesse droite de Chloé. La lettre H, symbole de son appartenance à Henri, son Maître.

Chloé vient justement de recevoir un appel de lui. Elle s'est enfermée pendant un long quart d'heure pour lui répondre. Puis, quand elle est ressortie :

— Nous devons être chez mon Maître dans moins d'une heure. Dépêchons-nous ! Avec les embouteillages du samedi soir, on ne sait jamais. Tu te souviens bien de tout ce que je t'ai appris cet après-midi ?

— Oui, bien sûr, répond Delphine tout émoustillée.

La chance leur sourit. La circulation est fluide. Chloé gare sa voiture dans la cour moins d'une heure après le coup de fil.

Henri Terrenoire leur ouvre la porte.

— Bonsoir, Mon Maître.

— Bonsoir, Monsieur.

Il est satisfait. La leçon est retenue. Sans conduire les soumises au-delà du hall d'entrée, il entre dans le vif du sujet en s'adressant à Chloé :

— J'ai invité quelques amis pour la soirée afin de leur présenter Delphine. Ce sera un avant-goût pour elle avant de l'emmener en soirée SM. Je compte sur toi pour continuer à la chaperonner.

— Bien sûr, Mon Maître.

— Emmène-la au dressing ! Et préparez-vous ! Toi, Chloé, ton corset noir comme d'habitude ! Pour Delphine, j'ai prévu un harnais-body. J'espère qu'il sera à sa taille.

Une fois rendue au dressing, Delphine se déshabille et découvre ce qui se cache derrière le terme harnais-body pendant que Chloé l'aide à le revêtir.

La tenue, si tant est qu'on peut la qualifier ainsi, est composée d'un ensemble de lanières de cuir judicieusement rivées entre elles. Les étroites bandes enserrent le cou, entourent les seins et passent dans l'entrejambe. Autant dire que malgré cette parure, elle est nue ou presque.

Chloé termine en fixant les attaches dans le dos comme pour une ceinture. Difficile à l'ardillon d'atteindre le premier cran.

— Maître Henri a eu raison de s'interroger pour la taille, dit Chloé. Ça sert pas trop ?

— Non, ça va, répond Delphine en remuant pour que le harnais trouve sa place.

Après quelques mouvements, les lanières ceinturent parfaitement le corps de Delphine en laissant toutefois ressortir quelques bourrelets par endroit.

Chloé s'habille à son tour. Sans être aussi dénudée, la tenue n'en est pas moins impudique. Le corset sexy qu'elle revêt et attache avec l'aide de Delphine, lui comprime l'abdomen, donne un peu de volume à ses petits seins et ne dissimule rien de son sexe glabre ni de ses fesses car il s'arrête au bassin.

À la différence de Delphine, Chloé a le droit de se chausser. Ce seront des escarpins à haut talon qui rehaussent la taille de la jeune femme.

Ainsi parées, les deux soumises rejoignent le Maître dans le salon. La pièce a été agencée pour la soirée. Il y a les chaises et

les fauteuils disposés en arc de cercle. Et le reste… Delphine
découvre l'étrange aménagement.

- 16 - Présentation

Tous les invités sont enfin arrivés et ont pris place dans les fauteuils et sur les chaises face à la mystérieuse structure recouverte d'un tissu noir. Ils sont dix. Six hommes et quatre femmes. Parmi eux, le psychologue Youri Karbof, impatient de connaître l'évolution de sa patiente. Les autres sont des amis proches d'Henri Terrenoire, habitués des soirées de celui-ci.

Dans le rôle de la soubrette impudique, Chloé. La petite brune vêtue de son provocant corset distribue les coupes de champagne aux invités.

Les conversations vont bon train. La plupart portent sur ce que dissimule le rideau noir, quand enfin, Henri glisse un mot à l'oreille de Chloé. La soumise se dirige vers la structure noire, attrape le rideau et le tire.

Delphine apparaît dans une cage haute et étroite. Elle se tient debout, face au public.

Henri prend la parole.

– Je vous présente Delphine, une soumise qui s'ignorait jusqu'à peu de temps.

Pendant qu'Henri poursuit son discours, Delphine découvre l'assistance. Elle reconnaît son psy. Rien d'étonnant, c'est lui qui est à l'origine de cette aventure. Les autres sont des inconnus. Leur être ainsi présentée simplement vêtue de son harnais éveille déjà ses sens.

Chloé ouvre la porte de la cage et en fait sortir la prisonnière. Elle attache le mousqueton d'une laisse à l'anneau du cou.

Henri en a terminé avec son discours. Il prend la laisse des mains de Chloé et conduit Delphine jusqu'à vers les premiers fauteuils. Il la fait monter sur la table basse.

Delphine est désormais au milieu de l'assistance et perchée

sur son podium improvisé. Henri s'est emparé d'une cravache.

— Désormais, cette soumise prendra part à nos soirées SM. Vous pourrez en profiter. Elle sera d'ailleurs proposée à la vente lors du marché aux esclaves du mois prochain. Mais vous pouvez la découvrir dès ce soir. Pour ceux qui aiment les formes, je les laisse juger de leurs mains. 1,70 m, 73 kg !

Il accompagne de son instrument les parties du corps qu'il cite :

— Quant à la poitrine, c'est un respectable 95E.

Il la fait se retourner.

— Admirez le volume fessier ! Delphine, penche-toi en avant et ouvre ton cul avec tes mains.

Elle s'exécute, dévoilant son intimité vaginale et anale aux spectateurs. Exhibition sur commande mais totalement assumée. Il ne lui en faut pas plus pour faire croître son excitation.

Henri s'est écarté pour laisser la place à ceux qui veulent toucher, tâter, palper.

Cette situation rappelle à Delphine le rêve où, dans l'amphithéâtre, elle était présentée comme une bête de foire.

— Delphine est une incorrigible exhibitionniste. Elle est aussi maso. Nous allons l'emmener au donjon dans mon sous-sol. Elle sera à votre disposition pour subir le fouet à la croix ou au pilori selon vos souhaits. Mais auparavant, Delphine va vous offrir un petit spectacle.

Il fait descendre la soumise de la table.

— À quatre pattes !

Elle obéit. Elle connaît la suite pour l'avoir répétée avant l'arrivée des invités.

— Je dois vous révéler, poursuit Henri, que Delphine est addicte à la masturbation. Dès qu'elle est excitée, comme ce soir, elle éprouve le besoin de se masturber. Une vraie attitude masculine. Vous allez voir. Delphine ! Branle-toi !

Elle attendait cet ordre avec impatience, tellement elle est excitée par la situation. Elle relève sa main droite sans perdre l'équilibre de sa position à quatre pattes et la glisse jusqu'à son sexe.

L'impudique spectacle qu'elle offrira aux invités durera près d'une minute et se terminera en apothéose par des cris libérateurs.

- 17 - Intéressants projets

Pendant que Delphine subit les morsures du fouet qui circule entre les mains des invités, Youri Karbof et Henri Terrenoire se sont retirés dans le bureau de ce dernier.

Feuilletant son carnet, le psychologue demande au médecin :

— Tu es sûr de ton coup ? Tu penses vraiment pouvoir tous les réaliser ?

— Presque tous. Les gens qui sont venus ce soir et d'autres sont prêts à nous aider.

— Ce serait fantastique, s'enthousiasme Youri Karbof. Une expérience poussée jusqu'à son paroxysme pour étudier le syndrome de Robichka. Pour en être certain, j'aimerais qu'on repasse en revue les rêves de Delphine que j'ai pris soin de noter sur mon carnet en les numérotant.

— D'accord. J'ai d'ailleurs même quelques scénarios complémentaires à te proposer. Il nous suffira de conditionner notre cobaye pour qu'elle les vive en rêve avant.

— Si tu veux, je ne suis pas restrictif. Bon, voici la liste : le strip-poker, la prostituée, les mille et une nuits, la laitière, l'otage, l'esclave des colonies, la présentation dans l'amphithéâtre, le club de gym, les cannibales et l'Inquisition. C'est déjà bien. Quels sont ceux que tu souhaites ajouter ?

Henri sort une feuille de papier qu'il a préparée :

— J'ai à te proposer entre autres : une partie de chasse un peu spéciale et...

Il s'interrompt et tend le document au psychologue :

— Tiens ! Prends la liste, ce sera plus simple pour compléter la tienne. Tu pourras lire l'embryon de scénario pour chacun des sujets.

Les deux complices n'ont aucun problème pour tomber d'accord et entériner le programme.

Ils s'apprêtent à retourner au donjon pour retrouver leur cobaye Delphine après les séances de fouet. Ils conviennent d'attendre le lendemain matin pour l'informer des décisions qu'ils ont prises la concernant.

— Penses-tu qu'il faut la prévenir des risques pris avec sa santé mentale ? demande Henri.

— Surtout pas ! réplique Youri, cela fausserait l'expérience. En aucun cas non plus, lui annoncer les épreuves qu'elle va subir.

— D'accord ! Je ne mettrais pas non plus Chloé au courant des détails sauf au dernier moment car on aura besoin de son aide. Elles ont sympathisé toutes les deux et Chloé risquerait de commettre un impair si elle connaissait tout par avance.

— Oui, surtout qu'elles vont vivre ensemble entre chaque épreuve. Bon, je crois qu'on a tout passé en revue. Allons au donjon les rejoindre !

****

Delphine est immobilisée au pilori, jambes écartées et postérieur bien accessible. Samantha, une des invitées, flagelle les globes fessiers offerts avec force et dextérité.

Henri s'approche de Chloé.

— Comment supporte-t-elle ? demanda-t-il.

— Plutôt bien. Elle a déjà joui deux fois. Mais, là, elle n'en peut plus.

Henri juge alors qu'il est temps d'interrompre la séance. Delphine est détachée et conduite par Chloé jusqu'à un fauteuil sous les applaudissements de quelques invités ravis par le spectacle offert par cette soumise débutante.

La soirée se poursuit, mais Delphine n'est plus l'attraction principale. Elle commence à peine à se reposer. Elle repense à

91

ce qu'elle vient de subir. La confirmation de son aptitude à obtenir la jouissance sous le fouet.

La façon dont elle a été exposée lui rappelle une fois de plus le rêve où elle était exhibée dans l'amphithéâtre face aux étudiants extra-terrestres. Elle n'est pas surprise de sentir arriver le besoin de se masturber.

- 18 - En route !

Quelque temps plus tard

Une nouvelle fois, Delphine a donné son accord pour tout ce qui est venu s'ajouter à son contrat de soumission. La clause de rupture définitive est toujours présente, mais elle préfère l'oublier. Sa nouvelle existence est un mélange de rêve et de réalité. Elle ne cherche plus à faire la différence.

Elle a quitté son travail et s'est installée dans l'appartement de Chloé. Celle-ci est devenue sa maîtresse dans le double sens du terme. D'abord par délégation. C'est en effet Chloé qui transmet les ordres de maître Henri. Et c'est aussi Chloé avec qui Delphine s'adonne à l'amour saphique. La petite brune sait tellement bien s'y prendre pour la faire jouir !

Dormir dans le même lit que Chloé n'a pas empêché Delphine de continuer ses rêves fantasmatiques. Elle est cependant impatiente de passer à la réalité promise par maître Henri. Impatiente mais un peu inquiète, elle doit bien le reconnaître. Ses voyages oniriques sont tellement fous. Elle ne sait pas comment s'y prendra maître Henri pour les transformer en réalité. Certaines situations peuvent même se révéler dangereuses !

La porte d'entrée claque. Chloé vient de rentrer. Elle brandit une clé USB au bout de ses doigts.

— C'est pour demain, Chatoune, lance la petite brune en embrassant sa compagne.

Dès les premiers jours de leur vie en couple, elles se sont donné des surnoms affectueux. Ils sont venus spontanément : Chatoune pour Delphine et Poussinette pour Chloé. Aucune raison connue pour les choix. Les surnoms mignons se sont installés naturellement.

— Mon maître m'a donné les consignes. D'abord, il y a sur la clé USB une vidéo que tu dois impérativement regarder ce soir. Demain, lever très tôt, à cinq heures du mat'. Et je t'emmène.

— Où ?

— Ça, je n'ai pas le droit de te le dire, Chatoune.

Chloé est tout aussi impatiente que son amie. C'est pourquoi la petite blonde décide qu'elles mangeront rapidement et se mettront au lit de bonne heure pour visionner le film sur la télévision de la chambre.

Moins d'une heure plus tard, les deux femmes se sont installées dans le lit. Elles sont nues comme chaque soir. Elles se blottissent l'une contre l'autre.

Delphine est certaine que le film est en rapport avec la journée du lendemain. Sans doute, rêvera-t-elle aussi à ce qu'elle va regarder.

Chloé appuie sur le bouton de lecture de la télécommande. La vidéo démarre.

****

Les chasseurs étaient tous vêtus de leur treillis pour se fondre dans le paysage de la forêt. Le second groupe venait d'arriver. Ils étaient désormais au complet. Les trois derniers individus rejoignirent ceux du pick-up. Ils ne seraient pas trop de six pour partir à la poursuite l'animal.

Dès que la bâche qui enveloppait la cage fut retirée, la femelle restée silencieuse dans le noir se mit à souffler et grogner fortement.

Armand, qui découvrait la bête s'adressa au chef de la battue :

– C'est un beau sanglier. Il a l'air d'avoir la pêche.

– Oui. Une laie[1] de plus de 70 kilos, répondit Raymond.

– Effectivement, elle est magnifique.

Pendant que quatre chasseurs descendaient la cage du pick-up, Armand remarqua un détail qu'il voulut comprendre.

– Vous lui avez mis un collier ?

– C'est ta première battue au sanglier ici, n'est-ce pas ? répliqua Raymond. Oui, on lui a mis un collier. Et tu vois la boule blanche sous son cou. C'est une balise. Normalement, avec les chiens, on n'en a pas besoin. Mais au cas où on perd l'animal, grâce à ça, je peux le localiser avec l'appli de mon téléphone.

Armand constata que rien n'était laissé au hasard. Il ne regrettait pas le prix payé pour participer à cette battue originale dans un domaine privé. Il avait hâte de commencer.

La cage était maintenant posée sur l'humus de la petite clairière, tout près des premiers arbres de la grande étendue boisée.

– Prêt à ouvrir ? lança Raymond aux deux hommes restés sur le côté de la cage.

– Prêts ! répondirent-ils en chœur.

Le chef de la battue s'adressa ensuite aux chasseurs :

– Bon, alors je rappelle, surtout pour les nouveaux : rabattez vos fusils ! On ne tire pas ! On lâche la laie et on la laisse partir dans la forêt ! On lui laisse prendre dix minutes d'avance. Et là seulement, on commence la battue. Compris ?

– Compris ! répondirent les chasseurs.

– Très bien ! Lâchez la bête !

Les deux préposés soulevèrent la porte de la cage en prenant soin de rester sur le côté pour ne pas s'exposer.

Sans doute étonnée de cette liberté soudaine, la femelle sortit lentement de sa prison, marqua quelques secondes d'arrêt avant de s'enfuir dans la forêt et disparaître au milieu des arbres.

Raymond regarda le cadran de sa montre.

---

[1] Femelle du sanglier.

Les dix minutes parurent très longues à tout le monde.

Après une nouvelle consultation de l'heure, le chef de la battue ordonna enfin :
— Lâchez les chiens !

À SUIVRE

Après « Rêves interdits », premier volume des aventures de
Delphine, vous découvrirez la suite de son histoire en lisant :

Fantasmatique Delphine
2
« Du rêve à la réalité »

Insaisissable Dorinka – 1 – L'achat

Une somnolence au bord d'un chemin forestier marque pour Alex le début d'une incroyable aventure qui le conduit à rencontrer Dorinka, une plantureuse Slave à la chevelure blonde, étonnante et insaisissable. Avec elle, Alex ne sera jamais au bout de ses surprises.

Dorinka, fervente adepte du BDSM, l'entraîne dans son univers. Des situations réalistes, extrêmes et extravagantes pour le plus grand plaisir des deux !

Comment Dorinka réussit-elle à subir et accepter jusqu'à aimer et réclamer autant de supplices, de perversions et d'humiliations dont la liste serait trop longue à énumérer ?

Un plongeon dans le monde SM sans limites, sans retenues.

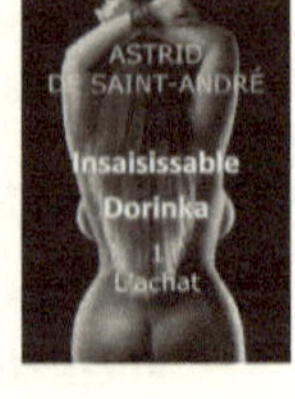

Insaisissable Dorinka – 2 – Maso

Dorinka est une belle femme slave plantureuse aux cheveux blonds. Elle et Alex vivent un bonheur sans faille porté par un attrait commun pour le monde SM.

Ils se complètent tellement bien, lui, dans le rôle du dominant et, elle, dans celui de la soumise. L'imagination d'Alex est débordante pour toujours offrir à sa compagne des scénarios novateurs dont elle raffole.

Un bonheur inébranlable ? À moins que le mensonge dissimule un volet caché de la vie de Dorinka. Bien vite découverte, Dorinka acceptera de subir les pires punitions pour se faire pardonner.

Après *L'achat*, *Maso* est un second plongeon dans l'univers SM sans limites et sans retenues et au-delà des interdits.

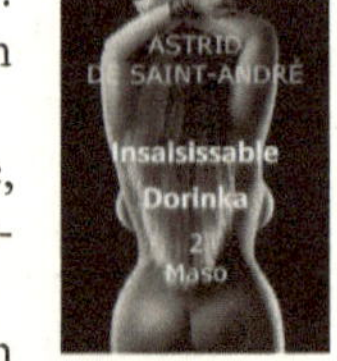

Cécilia hors du temps – 1 – L'esclave de Terre-Nouvelle

En galante compagnie, Cécilia et Jenny effectuent une croisière sur un voilier en mer des Caraïbes. Prises dans une tempête, elles sont projetées dans le passé et se retrouvent en 1714 à l'époque de la colonisation du continent américain et de l'esclavage. Les deux naufragées du temps, guidées par leurs caractères diamétralement opposés, vivront un destin à leur image. L'une, résignée, s'enfoncera dans l'esclavage, tandis que l'autre, battante, mettra tout en œuvre pour s'en sortir.

Une fiction où esclavage, domination, soumission et humiliation ses côtoient dans un monde imaginaire du temps des colonies de l'Amérique du Nord du dix-huitième siècle.

Cécilia hors du temps – 2 – Reproductrice à Richelande

Parachutées en 1714 à l'époque de la colonisation du continent américain, Cécilia et Jenny sont devenues des esclaves propriétés de la plantation de Maison-Blanche. Grâce à sa volonté et son caractère affirmé, Jenny réussit à quitter son asservissement, tandis que Cécilia s'y résigne.

Désormais tout sépare les deux anciennes amies.

Pendant que Jenny poursuivra son ascension sociale, Cécilia sera vendue à la contrée voisine. Sa remarquable anatomie lui vaudra d'être affecté à des tâches surprenantes où le sexe revêt une importance primordiale et où l'humiliation sera la plupart du temps au rendez-vous.

Une fiction où esclavage, domination, soumission et humiliation ses côtoient dans un monde imaginaire du temps des colonies de l'Amérique du Nord du dix-huitième siècle.

Fantasmatique Delphine – 1 – Rêves interdits

Exhibée nue sur une estrade, attachée et fouettée, esclave du sultan au pays des Mille et Une Nuits…

Qui n'a jamais fait de rêves érotiques ?

Delphine n'échappe pas à la règle. Chaque nuit, elle plonge dans un monde onirique empli de fantasmes. Elle en est totalement satisfaite et y trouve même beaucoup de plaisir. Mais bientôt les rêves deviennent obsessionnels et de plus en plus délirants. Delphine est-elle normale ? Pour s'en assurer, elle s'ouvre de son état à son psy. Loin de l'accompagner dans son inquiétude, le praticien la rassure et l'incite au contraire à assumer ses fantasmes.

TABLE DES MATIÈRES